三谷幸喜 創作の謎

KOKI MITANI
三谷幸喜
×
松野大介
DAISUKE MATSUNO
著

講談社

三谷幸喜　創作の謎　目次

PRODUCTION

第2章 大河ドラマ②『鎌倉殿の13人』

◆『記憶にございません！』（２０１９年）　発想はシットコム
◆中井貴一さん扮する総理大臣のおもしろさ
◆政治のリアルとアンリアル
◆コメディを作るのが難しい時代

第5章 創作のルーツを探る 影響を受けた映画と三谷版ポアロシリーズ

◆脚本のルーツはフィギュアのひとり遊び
◆撮影は好きな映画を真似て
◆十二人の怒れる男
◆クラスメートを使って映画を真似た『大脱走』『サブウェイ・パニック』
◆憧れのビリー・ワイルダーに会う
◆ＳＰドラマ『オリエント急行殺人事件』（２０１５年）　40年来の夢
◆野村萬斎さんのポアロの明るさに救われた殺人

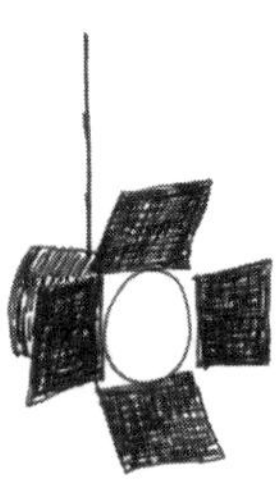

三谷幸喜　創作の謎

まえがき　三谷作品の謎を解き明かす

松野大介

11年前の『三谷幸喜　創作を語る』をお読みのみなさん、お久しぶりです。初めて三谷さんと私の共著を読まれるみなさん、よろしくお願いします。インタビューを担当した私（松野大介）が「まえがき」を務めます（三谷さんは「あとがき」を書かれています）。

二つ手短にお話しします。まずは続編である本書にいたる経緯。

私と三谷さんとの関係は前著『創作を語る』（※2024年8月に文庫化）のあとがきに詳しくありますが、短くお話しすると、私が1985年に21歳で芸人デビューした頃、構成作家の卵たちが事務所にネタのダメ出しに来ていて、その中に23、24歳の三谷さんがいました。その出会いから長い間は再会することがほぼなかったのですが、作家となっていた私の取材依頼で再会した2013年、私のお願いにより『創作を語る』が刊行されることとなりました。

本のインタビューで何度か話した際、好きな笑いや映画が共通することから、刊行後も好きなコメディドラマを勧め合ったり、三谷さんの最新作について感想メールを送ったりの関係が続きました。特に2016年、NHK大河ドラマ『真田丸』オンエアの1年間はかなりの頻度で感想メールを送り、返信をもらうというやりとりをしていました。

ある日、三谷さんのほうから短くこんなメールが。

《くじけそうな時、僕らの本を読み返してます。》

創作がうまくいかない時には『創作を語る』を読み返し、自分を勇気づける時もあると私には伝わるメールで、大がかりな作品を連続して作るにはうまくいかないこともあるんだろうと痛感しました。

2020年、コメディドラマ『誰かが、見ている』の宣伝を兼ねた夕刊紙の電話インタビューの時、終わり間際に「お話ししたいことがたくさんあるので、またあの本の続きをやりませんか？」と提案されました。その一言は願ってもないことで（作品はもちろん、コメディについても話を聞きたかった）、前著以降の作品を振り返る企画を立ち上げ、最新映画までの11年分をまとめた新刊が形となった次第です。

次に本書の中身について。三谷作品の魅力は様々ありますが、私はその一つに嘘をつく人物像（キャラ）があると思います。三谷さんはいくつかのインタビューで「人間は嘘をつく生き物」と話しています。『真田丸』に出てくる武将たちも嘘をつくし、『鎌倉殿の13人』

（2022年）では私利私欲のための嘘と裏切りが色濃く描かれ、人気を博しました。コメディでも映画『記憶にございません！』や最新作『スオミの話をしよう』も嘘から生じた誤解や勘違いでそれぞれの立場のキャラが翻弄されるおもしろさがある。本書で三谷さんが「ようやくここにたどり着いた」と言う最新舞台『オデッサ』は人（容疑者）を助けるために嘘をつき続ける男が右往左往するおもしろさ。

私利私欲で嘘をつく策士も人助けのために嘘をつくいい人も、結局は自分が窮地に立ってしまう。そんな人間の憎めないおかしさが描かれる点が三谷作品のおもしろさの一つと思います。しかもそれが写実的でなく、ウィットに富んだ台詞《せりふ》やストーリーで描かれる点も。

そんな作品たちがどのように生まれたのか。それが10時間に及ぶインタビューをまとめた本書に書かれてあります。発想の源、ベースとなる名作、執筆中の思考、制作現場の裏話、俳優さんのこと……。私としては読んでくれた方が三谷作品の創作法に触れることで観てない作品は観たくなり、観た作品は観返したくなっていただけると嬉しい。

同時に、創作の謎が解き明かされることを願っています。これは私はもちろん三谷さん本人にもたぶんわからない「謎」ですから、簡単に答えは出ないもの。みなさん一人ひとりが解き明かすしかないのです。

前著では「理数系」「様式美」「当て書き」「ピンチ」がキーワードでした。今回はそれらに加え「歴史」「シットコム」「芝居のような設定」そして「挑戦」が謎を解くヒントだと、書き終えた今感じています（あと「革靴」も！）。
ぜひみなさん、三谷作品の謎を巡るロングインタビューの旅に加わってください。

第1章

大河ドラマ①
『真田丸』

視聴者に、今年の大坂の陣は
徳川が負けるんじゃないかと
本気で思ってほしかった。

——(以下、松野)私は毎年、年末には「『真田丸』一挙見放送」と勝手に題して観返してますから、全話通しで10回近く観てます。

三谷 年末に放送される『大脱走』みたいな(笑)。ありがたいです。なんでそんなに好きなの?

——特に大坂城が舞台の時期は城内のシチュエーションドラマのようで台詞劇としてのおもしろさが強い点ですね。眠る前に聴いたりもします。あとでお聞きしますが戦を取り巻く人間模様、武将それぞれの思惑が描かれた点もいい。『鎌倉殿の13人』もかなり観返しましたから、最初にたっぷりと大河ドラマのことをお聞きしたい。

■『新選組!』(04年)以来、12年ぶりに脚本を書いた大河ドラマは、年間を通して好評を得た。時代の移り変わりもあって、2000年代前半とは地上波ドラマの平均視聴率は大きく違うが、「半年経った頃ドンドン視聴率が下がっていった」(前著の『新選組!』の項)とは異なり、高い視聴率を最後まで維持。NHK総合より早い時間帯の夕方からのBS放送も高い数字をキープし、《早丸》という言葉がネット上で流行したほど。

戦国時代の武将、真田昌幸の次男、堺雅人演じる真田信繁(幸村)を主人公に、若かりし日から大坂の陣で最期を遂げるまでを豊臣秀吉、徳川家康ら名武将らとの関わりを通して描いた。

▼全話の流れ

○1〜13話。若き信繁を通して、主家の武田家の滅亡や織田信長の死などの時期、父の昌幸が真田家の生き残りを賭けた戦の権謀術数を描く。
○14〜31話。信繁が豊臣秀吉に仕えた大坂編。
○32〜37話。秀吉の死後、石田三成が関ヶ原の戦いで敗れ、真田父子が蟄居《ちっきょ》となり信繁が大坂城を去るまで。
○38〜41話。九度山《くどやま》での質素な暮らしを経て、大坂に戻るために高野山を脱出するまでの九度山編。
○42〜50話。大坂に戻ってからの冬と夏の、大坂の陣編。
　歴史上の人物も俳優陣もオールスターキャストとなった、三谷流大河ドラマの創作法を探る。

◆大河ドラマ執筆のペース

——前著『創作を語る』のインタビューの時期（13年）には、その3年後に『真田丸』を書くことは決まっていたと聞きましたが、公表前で本には書けませんでした。執筆期間を入れた3～4年間は三谷さんにとって人生の大きな出来事が続きましたね。

三谷　まず時系列でいくと、家庭を持ったのが13年、翌14年に息子が生まれ、その年の単発ドラマ『おやじの背中』（14年放送）を書いていた時期に、前立腺がんが発覚。手術したほうがいいと言われ、16年の年明けの『真田丸』執筆中に手術しました。入院中に第1回目のオンエアがあって。

その時点で確か全エピソードの半分くらい書いていたと思います。オンエアが始まったお正月には、半年先の6月か7月分までは先行して書いてました。

――手術の入院期間があるのでそこまで先行したんですか？　それとも従来、大河ドラマの脚本はオンエアから半年ほど先行してスタッフに渡している？

三谷　入院の影響はなかったんじゃないかな。1月からオンエアが開始されるから、前年の7月くらいに撮影が始まるんですよ。その時点で4話か5話目を書いていた気がする。

――そうじゃないと演出プランを練り、ロケ場所の決定やスタジオセットの発注が撮影に間に合わないですものね。年明けの手術を経て、手術の後遺症もなくすぐに書けたんですか？

三谷　退院後、すぐ仕事が再開できました。痛みもなかった。いまだに本当は手術してなくて、騙されたんじゃないかと思ってるくらい。

（※がんの話は第3章で詳しく紹介します）

◆大坂編は小日向文世さんを中心にした「社長シリーズ」

三谷　第1次上田合戦（13話［決戦］）までは、昌幸の戦の策の巧みさのおもしろさで書いていました。

――そのあと（14話［大坂］）から信繁が大坂に行き、秀吉が亡くなるまでは大坂城からあまり出ないで、大坂城のシチュエーションドラマのようで私は好きです。出演者のどなたかがインタビューで、小日向文世さんを座長にした劇団のようでしたと言ってました。

三谷　舞台の中心が大坂城に移ってからは、僕のイメージは東宝の「社長シリーズ」(1)なんです。

――森繁久彌さん主演のコメディ映画！

三谷　小日向さんが社長の森繁さん。堺雅人さんが真面目な秘書官。「社長シリーズ」には小林桂樹さんや加東大介さんがいる。城内には石田三成（山本耕史）や大谷刑部《ぎょうぶ》（片岡愛之助）ら武将が大勢出入りしていて、社長の秀吉がまとめていく。完全に「社長シリーズ」のイメージでしたね。

――三谷さんは忘れているとは思いますが、大坂城の落書きのエピソード（20話［前兆］）

1　56～70年で40本以上製作された森繁久彌が主演の東宝の人気喜劇映画シリーズ。

や、城内での武士たちの仮装大会（26話「瓜売《うりうり》」）について、オンエアの数日前に三谷さんから《内容を心配している》とのメールが私に送られてきました。

三谷　仮装大会の回なんてそれこそ「社長シリーズ」ですからね。

■26話「瓜売《うりうり》」太閤となった秀吉は明に仕掛けた戦が思わしくなく、「何かパーッと明るいことはないのか！」と景気づけのために閃《ひらめ》いたのが〝やつしくらべ〟いわゆる仮装大会。昌幸は瓜売の演技を見事に習得するが、秀吉の出し物も瓜売だった！　出し物を変えるか、秀吉より下手に演じるか信繁らが悩むコミカルな展開。

三谷　なぜ心配していたのかといえば、大河ドラマで戦国時代や秀吉を描くと普通はカットされるエピソードだからですね。本来なら扱われない瑣末《さまつ》な出来事を中心に一本書くには、勇気が必要だった。だって歴史的にはだいたいは無視される話ですから。でもあんなおもしろい史実をなぜ他のドラマでは描かないんだろう、と不思議だった。ああいう話にこそ、あの時代の空気を感じるんだけど。

――きっと戦と関係がないからでしょう。三谷さんは戦の展開に影響ない史実もコメディとして取り入れますね。

三谷　ただあの回は、仕上がりがイメージと、ちょっとだけ違っていた。仮装大会の出し物にまつわる攻防に、壮大なBGMがかかるんですよ。確かに仮装大会もある意味、彼らにとっては戦いなんだけど、だからって本当に戦のBGMを流さなくても。評判は良かったみたいだけど、僕にはややトゥーマッチに感じられた。もっと普通に淡々と描いたほうが笑えたのに。

——勇ましいBGMでしたが、気にならなかったですし、俳優さんたちがノリ良く笑わせてくれたと思います。大坂城でのよくあるシーンは信繁、石田三成、大谷刑部の三人がいつも御文庫いわゆる書庫かな、襖で通じる隣の部屋で話し合うパターン。秀吉のもめ事などをどう対処するか、まさに秘書室のような感じで。

三谷 いつもその三人で相談してましたね。あの御文庫でいうと僕が好きなのは、後半で大坂城に戻った幸村が、かつて三人でよく話していたその部屋に、数年ぶりで足を踏み入れたシーン（42話［味方］）。三人のうち二人はもういないんですよ。普通ならそこに、死んでいった三成や刑部の顔がインサートされるところなんだけど、あえて演出でそれをしなかった。だから余計に心に残った。

——「治部《じぶ》様、刑部様。源次郎は帰ってまいりました」という呟《つぶや》きですぐにシーンが変わる。観返してほしいシーンです。

◆戦の策と勝因、理由を描く

——前著『創作を語る』で「僕は何千人もが戦をする話はイメージできないから『新選組!』を選んだ」とおっしゃってました。同時に「もし戦を書くとしたら、どうやって勝ったかを描きたい」と。『真田丸』では戦の戦略などから勝因、敗因をあらゆる手法で描きました。

三谷 そこは徹底しました。

——CGで地図を出し、兵が攻め込む様子を描いたのは?

三谷 あれは僕のアイデアではないけど。演出チームとシブサワ・コウさん(3DCG地図監修)とで作成したものです。わかりやすかったし、格好良かった。

——策と勝因を的確に描きましたね。

三谷 どうやって勝ったか、なぜ負けたのかという理由は、ドラマではよく省《はぶ》かれるんですよ。わーっと攻めてる戦シーンだけで、いつの間にか決着がついている。

——戦はアクションシーンとして描かれ、「史実だからこちらが勝ちました」みたいに勝敗がつくケースがいろんなドラマにはあったかもしれませんね。

三谷 どちらも勝とうと思って戦うわけだし、勝つ気満々で戦にのぞむ。それでもどちらかが負けてしまう。そこにはちゃんと理由があるはずだし、理由を描かないと、おもしろくないと僕は思う。

――三谷さんらしい理数系の作り方。作戦、兵の数、兵糧、天候、さらに情報を相手に流したり裏切ったりが出てくる。2千の兵で徳川の7千の兵に勝った第1次上田合戦で多くの策を描いた回（13話［決戦］）はネット上に『風雲！たけし城』をもじり《風雲上田城》と感想があったり。

三谷　夏の陣でいえば、最終回の後半、ほぼ勝ちを収めるまでに攻めていた大坂勢が、なぜ逆転されたのか。いろんな説があるけど、僕が一番納得したのが、あれだった。大野治長が秀頼を呼びに最前線から大坂城へ向かう際、大きな千成瓢簞《せんなりびょうたん》（秀吉の馬印）を掲げていた。それを見た味方が「秀頼公が引き返した。これはきっと負けを認めたに違いない」と誤解してしまったと。そういうちょっとしたことで、風向きって変わるんですよ。そしてそれを見逃さない家康。

――戦の勝敗の理由を克明に描いた初の大河じゃないかと思いますが、戦になるまでの経緯もきっちり描かれました。戦をしたくてしているんじゃない、戦になってしまういきさつがあるんだと。もう一つ、「大事なのは人の命をできる限り損なわないこと」という、信繁の妻・梅の台詞にあるような視点が出てきます。

戦になる経緯と戦の勝敗の原因を描くことと、命をなるべく損なわないという視点は通じるものがあると何度も観て思いました。これは『鎌倉殿の13人』にも通じます。

三谷　確かにそうなんです。大河ドラマを書くまでは思ったことがなかったけど、それぞれの人物に寄り添って史実を読んでいくと、誰だって戦なんかしなくて済むならしたくないんです、本来はね。危険だし。面倒臭いし。でも「いったん戦に向かって動き始めたら後戻りできない」んですよ。『真田丸』で三成も言ったし『鎌倉殿…』で義時も言っていた。それぞれの思惑も絡んでどうすることもできない、走り出したら戦に動いていっちゃうと。それはすごく感じていましたね。

――22話［裁定］では真田の城の沼田城が北条にとられることに昌幸が納得できなくても、石田三成が「その沼田が（戦の）火種となるのだ！」と納得させる。でも結局は北条を滅ぼす戦にならざるを得なくなる。戦になってしまった経緯がストーリー化した回も多い印象。

三谷　でも大河ドラマでは「戦はイヤです」という台詞は禁句みたいなところがあって。主人公やその奥さんが「戦はイヤでございます」と言った瞬間に、視聴者は離れていくみたい。

――戦が観たいんですかね？

三谷　というより、「戦はイヤです」という考えは現代の人間の概念だろうと。あの時代の人間たちがそんなこと言うわけないと。ただ、どうなんだろう。もちろん今の人間たちほど戦をすることに抵抗はなかったかもしれないけど、それでも人間である以上は死にたくないし、死ぬ可能性が高い選択肢はできれば排除したいと思うのは当然だと思う。だから一概にその台詞がいけないとは、僕は思わない。大事なのは、いつ誰がどんな気持ちで言うか。戦争が嫌いでも、だからって平和主義者とは限らない。

――戦になる経緯から理論的な作戦まで描くから伝わる。戦がただ勇ましいアクションシーンで描かれて「命は大切だ」と言ってもうわべだけになってしまいますから。『鎌倉殿…』になりますが、策を話し合う最中に「次は倍の兵で攻め込もう。それしかねえ」と言われた畠山が「無駄に死んでいく兵が哀れだと思わぬか」と返す台詞はまさにそうでした。（10話［根拠なき自信］）

三谷　畠山重忠ね、そうでした。よく覚えてますね。

――その畠山は後半、やむなく戦になり、「戦など誰がしたいと思うか！」と叫ぶ。まったく身に覚えのないことで戦になってしまったわけですから。（36話［武士の鑑］）

三谷　だから、あのタイミングで彼が言うのは、問題ないんじゃないかな、と僕は思う。

◆九度山から大坂城へ戻る必然

――秀吉の死後、第2次上田決戦と、ネット上で《高速関ヶ原》と話題になった関ヶ原の戦いを経て、信繁らは蟄居になり九度山へ。そしてまた大坂城に戻る。

三谷　歴史ファンたちがよく言うのは、〝なぜ幸村は九度山から戻ってきたのか？〟。僕は『真田丸』の構成を1話から考えていた時、信繁の人生を辿っていけば、絶対に大坂城に戻るだろうと思った。史実で信繁は常に秀吉のそばにいたことがわかっていましたから、秀吉と大坂城に対する思い入れは相当強かったはず。秀吉は問題の多い人だったけど、人たらしであることは間違いなく、きっと魅力的な人だったんですよ。だったら、その秀吉の忘れ形見である秀頼のピンチに、信繁が戻って来ないはずがない。

そしてその思いを補強するために、九度山の回想シーンが4分くらい続くんです。回想が嫌いで今まで一度もその手法を使わなかったんですが、ここで思いきりやってみた。

――その回（40話［幸村］）が私は好きで、信繁が過去を思い出し、大坂城などで絡んだ人物たちの映像が流れるその回想シーンは最終回のようでもあります。

■40話［幸村］九度山で平穏に暮らす信繁を訪ねた明石全登と片桐且元が徳川との戦で采配をとってほしいと頼む。断る信繁は、きりに説得された直後ひとりになり、秀吉、茶々をはじめ大坂城を出るまでに関わった人たちを回想し、大坂に帰る決意をする。

三谷　回想に使ったそれぞれのシーンは、この回のための伏線だったように思えるけど、そんなことはない。実は撮影スケジュールの都合だったか、僕の脚本《ホン》が遅れたせいかちょっと

忘れちゃったけど、大坂の陣に突入する直前に、一度総集編みたいなものを入れるかもしれないと、プロデューサーに相談されたんです。それだったら、「総集編ではなく、物語の中に回想で繋ぐ長い場面を作るというのはどうですか」と僕から提案した。そこからあのシーンが生まれました。

それまでの脚本を最初から読み返して、信繁が成長するきっかけになる登場人物たちのセリフをピックアップしていきました。

――秀吉が亡くなる回（31話［終焉］）で、信繁が「何かございましたらこれをお振りください。すぐに誰か参ります」と床の秀吉に鈴を渡しますが、40話のその回想シーンではその鈴の音が鳴っている。つまり大坂城から〝呼ばれている〟という意味？

三谷　その通りです。

◆ワンクール分の大坂の陣

――大坂城に戻り、ついにクライマックス。10話分の大坂の陣へ。

三谷　大坂の陣をあれほど丁寧に描いた大河はないと思っているんです。たいていは冬の陣を1話、夏の陣を1話の分量でしょうけど、『真田丸』は冬と夏の陣を併せてワンクール（3ヵ月間）ほど続いてました。

――どんな策にするか軍議してる回もありますから（43話［軍議］）。

三谷　戦国時代の大河を書いてみて思ったのは、『新選組！』のほうが実は書きやすかった。前著でも話しましたが、新選組そのものに、劇団を作った頃の二十代の自分を重ねることができたから。想像しやすいんですね。戦国時代になると規模が大きくなりすぎて、イメージが湧きにくい。

それでも、信繁は戦国武将の中では書きやすい人物です。最後の最後で最高指揮官として戦うけど、それまでは秀吉の下にいるスタッフの一人だから。部下がほとんどいない。単独で動いていている立場。ちまちました話が好きな僕には打ってつけだった。

大河ドラマにおいて、戦国武将が主人公で、自身の城を持っていない人は、真田信繁と『風林火山』（07年）の山本勘助だけです。

――たいていは天下をとったスターの武将が主役ですからね。

三谷　武田信玄、上杉謙信、織田信長、豊臣秀吉、徳川家康、伊達政宗とか。そういう人たちは僕は苦手です。

――父親の真田昌幸が主役なら城持ちですが、息子の信繁は秀吉の下で秘書室長みたいな立場で尽力し、責任をとらされて九度山へ左遷のように行かされて14年後、大坂城のために帰って来る。

三谷　だからこそ、とても城とは呼べないけれど、真田丸という出城を造った時の信繁の高揚感。あの時の、「ようやくこれで城持ちになれた」という、ちょっと自虐的だけど十分満足げな信繁が僕は好きなんです。

■44話［築城］反対を受けながらも、徳川勢を迎え撃つために幸村（信繁）の案で真田の出城を築く。出城の頂上でその台詞を言う。真田の旗がはためく中、城の名を聞かれ、「決まってるだろ、真田丸よ！」と答える。

三谷 あの回は、書いたあとにスタッフに「タイトルを最後に持っていきませんか」と提案したんです。

――「決まってるだろ、真田丸よ！」の台詞からテーマ曲が流れる中でオープニングの映像が流れ、キャストらのクレジットが出る。

三谷 オープニングをエンディングにもっていくようにフォーマットを変えるなんて大河ドラマ史上初だと思う。若いスタッフが後押ししてくれた。

――観返してほしい回です。あの回のラストで、第1回に描かれた、小さな船で戦国の世に真田の一族が船出する〝真田丸〟と、史実にある出城の真田丸という意味が重なる形になりました。

真田丸を造った次の回（45話［完封］）、そこに井伊直孝ら徳川の軍勢が攻めてくる。砦の塀を境に戦闘が繰り広げられる展開と映像は、ノルマンディー上陸作戦を連想しました。

三谷　『史上最大の作戦』ね（笑）。書いていたあの時期は、戦争映画を観まくってました。外国の古い映画から様々。『パットン大戦車軍団』とか『戦場にかける橋』『遠すぎた橋』とかドラマだけど『コンバット！』とか。その後の大坂五人衆のやりとりは、荒くれ者たちを集めた部隊を描いた『特攻大作戦』のイメージ。

――『真田丸』はこれまで書いてきた作品のエキスがいろいろと入っていると思います。先に触れた沼田城を巡り会議する回は『清須会議』を彷彿とさせて。

三谷　沼田裁定というのはもちろん実際にあり、あれをどう映像化するか考えた時に、丸々一話使ってディスカッションドラマにしようと決めました。むしろ『清須会議』よりも会議していたかもしれない。

――真田丸が取り壊され、戦に勝てないと諦めた幸村に、武士たちが「策を考えてくれよ」と哀願し、団結して強い敵に挑む姿は『王様のレストラン』（95年）のようにダメな人たちがチームを組みレストラン再建をがんばる姿を彷彿とさせる。

三谷　あそこまで大坂の陣を描いた戦国大河はなかったし、あそこまで何度挫折しても諦めない戦を描いた大河もなかったような気がする。「僕はいったい何回同じシーンを書いてるのだろうか」と思うくらい幸村や武将たちが〝もうダメだ〟と諦めて〝いや、まだチャンスはある〟と再び蘇《よみがえ》る。その繰り返しでしたから（笑）。実際の大坂の陣もそうだったはず。

僕らは先を知っているから、どうしても結果から見てしまうけど、一つ一つの局面では、大坂方も勝つ気満々だった時もあったはず。視聴者に、今年の大坂の陣は徳川が負けるんじゃないかと本気で思ってほしかった。

——今となって後悔はありますか？

三谷　『真田丸』で一番後悔してるのは、最終回で大坂城に火を放った大角与左衛門（下男から大坂城の台所頭になった）という人。あんなにおもしろい人が史実に存在していたことを、僕は途中まで知らなかったんですよ！　もし知っていたら、秀吉がいた時代に一度登場させて、もっと信繁に絡ませていた。

なぜこういうことが起こるかというと、書いている時は、先の資料にまで目を通す余裕がないんです。書いている回に関する資料をあたるのでいっぱいいっぱいだから。本当は執筆に入る前に勉強しておくべきなんです。自分のせいです。で、大坂夏の陣を書く時に、初めて大坂城を燃やした与左衛門のことを知った。「うわー、しまった。伏線張っておけばよかった」と思うけど、あとの祭り。「秀吉が生きていた頃に戻って、もう一度書かせてほしい」と思ったくらい。

◆父子を描く

――最初にお聞きしたように、三谷さん自身にいろんなことがあった時期に書かれたドラマ。特に息子さんの誕生はその後の創作に影響を与えたようですね。『鎌倉殿の13人』もですが、『真田丸』は父と息子の関係が色濃く出ている。

三谷　息子が生まれて、父子の関係を描いたドラマ『おやじの背中』（14年）があってから『真田丸』になるんですが、『真田丸』の最初のほうはまだ父子の関係はそんなには密に描いてはいないです。

ちなみに第1次上田合戦で、お梅が戦の最中におっぱいが張ってしまい、授乳のために城に戻るというシーンがありますが、あれは子育てしている妻の姿を参考に書きました。

■13話［決戦］。徳川と戦になった第1次上田合戦。上田に戻った信繁と戦の手伝いに励む梅は、顔を合わせられないまま戦にのぞむ。梅は途中で「お乳をやってきます！」と兄の堀田作兵衛に断って赤子の元へ戻る。そして戦に巻き込まれ、亡くなる。

三谷　うちの妻を見ていたら、母親なら戦の最中でも授乳のために命を賭けてもおかしくな

いなと思ったんです。

——私生活からあの展開を書いていたんですか？　小説家と同じで脚本家も、たとえ史実に沿った物語であっても人生や生活が反映されるものなんですね。

三谷　父子の関係が色濃くなるのは大坂の陣になってからですね。最終回。信繁と大助とのエピソードは、僕に息子が出来なければああいう話にはならなかったと思う。

■50話（最終回）。戦が始まり、信繁（幸村）は陣にて息子の大助に、秀頼公の出陣を促すために城に戻るよう指示。大助は「父上と共に戦いとうございます」と拒むが、「そなたは若輩の上、足に傷を負うておる。そばにいられては足手まとい」と送り出す。

三谷　信繁がなぜ大助を自分のそばから離して、大坂城に戻したのかには、いろんな説があるんです。心情としては、そばに置いておきたかったはずなんです。もうこの時点で負けは覚悟してますからね。でも改めて思ったんです。〝この戦で自分は死ぬ。息子もたとえ生き残ったとしても、捕らえられて首を刎《は》ねられるだろう。ならば、大坂城に戻って、秀頼とともに華々しく散らせてやりたい〟と。

僕も信繁の立場だったらそう決断したような気がするんです。そばにはいてほしいけど、息子が息子なりの人生を終わらせるためには、それが一番だと。あのシーンを書く時、信繁になりきって、必死に考えました。

——秀頼の妻の千姫が徳川の陣に戻った際にちゃんと哀願なりしていれば、秀頼と茶々様は首を刎ねられても大助だけは命を助けてもらえたかもしれない。

三谷　それはどうかなあ。ちょっと現代人の視点が入っているかも。血筋を残したいという思いはあったかもしれないけど、お兄ちゃんがいるからそっちは心配ないし。

◆キャストについて　草刈正雄さんの真田昌幸像

——オンエアも半ばくらいか、私に三谷さんから《○○の役、よろしくお願いいたします》というメールが届き、即座に《あ、間違えました》と続いたので、『真田丸』に後半から出演される俳優さんに向けたメールだったんだろう、と。「こうやってメールするんだ！」と知りました（笑）。

三谷　すみません（笑）。舞台を一緒にやって連絡先を知ってる俳優さんにはわりとそういうメールを送りますね。それは誰宛かなあ。終盤に登場する人だから、岡本健一さん（毛利勝永役）かな。

——俳優さんについても聞かせてください。

三谷　去年、息子に全話観せてやったんですが、あらためて観ると全体のタッチが明るいんですよね。それが『鎌倉殿…』との大きな違い。向こうは暗いですから。『真田丸』の明るさは、主演の堺雅人さんはじめ大泉洋さん、小日向文世さんのキャラの力が大きいと思うんです。そしてなにより草刈正雄さん！

──前半は草刈さん演じる真田昌幸が中心で展開する。コミカルなところもありますし。

三谷　草刈正雄さん、今観ても最高です。僕は『真田太平記』（85～86年／NHK新大型時代劇の枠）のファンだったと当時の記事に書いてあったのを読んだけど、実はあまりハマってはいなかった。キャストは素晴らしいんだけど、忍者が活躍する話ってあんまり好きじゃないんですよ。どこか荒唐無稽な感じがしちゃって、どうしても入り込めなかった。

あの時は、草刈さんは信繁（幸村）を演じていましたが、今回は昌幸。以前昌幸をやられていた丹波哲郎さんのイメージを踏まえて、さらに自分なりの昌幸像を作られた。

草刈さんはご自分ではおっしゃらないけど、見事に丹波さんの昌幸を超えたと思います。丹波さんの昌幸もとても良かったので、相当なプレッシャーだったと思いますが、『真田丸』のおもしろさの半分は草刈さんの存在感だと思うし、僕は草刈さんが引き受けてくださったから、最後まで書き上げることができたと思っています。昌幸が亡くなってからも、信繁の中に確実に昌幸はいましたからね。

◆長澤まさみさん演じるきりの人物像

――先ほどお話しいただいた長い回想シーン（40話［幸村］）の前の、信繁ときり（長澤まさみ）二人の長めのシーンも見せ場でした。大坂に戻るのをためらう信繁をきりが鼓舞する。少しなじったりもして現代劇での男女のようなやりとりでもあり。

三谷　長澤さん演じるきりに関してはいろいろあって。まだ本を書き始める前に長澤さんと話す機会があって、聞いてみたんです。「あなたのキャラはまだ決まってないんです。信繁のそばにもっとも長くいた女性なんだけど、史実としてはほとんどわかっていない。だからどんなふうにでも描けるんだけど、どんな女性を演じてみたいですか」って。すると彼女はこう答えた。

「樹木希林さんみたいな人がいい」って。

それでまず役名をきりにしました。

――最終回一つ前の49話［前夜］のラスト、ナレーションで「高梨内記の娘に関しては様々な言い伝えがある……」と言っていますから、史実では名前がよくわかっていないんですね。

三谷　よく覚えてますねぇ（笑）。長澤さんが言うには「最初は嫌われキャラがいい」と。

どういうことかというと、希林さんて、若い頃は自由奔放で毒舌の、ちょっと不思議な感じの女優さんだったんですよ。会見とかで言わなくていいことを言って問題になったりとか。それがだんだん歳を重ねるにつれて、人間的な魅力に溢れた人のイメージが強くなっていく。でもそれは彼女が変わったんじゃなくて、世間が彼女に追いついた。そんな人物を演じてみたいと、長澤さんに言ったんです。そして僕はきりをそういうキャラにし、長澤さんはそう演じた。そして世間の受け取り方もまったくその通りになり、つまりは、見事に狙いが当たったわけで。長澤さんにはおそれいりました。

それでも、オンエアの最初の頃は、きりに対して、視聴者からブーイングもあったんですよ。《一人だけ浮いてる》《うざい》とかそういう感じです。《大河っぽくない》と言われていた。

——信繁にお節介を焼くし、最初の頃は話し方も少し軽くて。

三谷 《なんであんなキャラにしたんだ》と。もちろんそれらはすべて僕の脚本に対する批判。でも、さすがに長澤さんもちょっと落ち込んだんじゃないかな。どこまで本気かわからないけど当時は、「私、嫌われすぎじゃないですか」と口にしていた。「大丈夫ですよ。いつか逆転する時がくるから」と励ました記憶がある。

回を重ねるごとにきりの役割が物語の中で明確に見えるに従い、視聴者がきりを好きになってくれたのがわかった。クライマックスの大坂の陣になると、《こんな理想的なヒロインはいない》とまで言われた。もう完璧に希林さんですよ。

大坂城まで一緒に行き、長い長い物語を通して、ずっと信繁のことを愛し続けてきたきりが、最終回で颯爽《さっそう》と戦場を駆けていく彼の姿を遠くから見て、たぶんあの人は死ぬんだろうと確信。〝だったら自分の人生もこれでおしまい〟と、大坂城で淀殿とともに散ることを決意する。きりの人生を、きちんと筋の通ったものとして書き通すことができたのは、完全に長澤さんのおかげです。

◆『黄金の日日』へのオマージュ

――28話［受難］には、三谷さんの好きな大河ドラマの主人公、呂宋《るそん》助左衛門が登場するすごい展開。

三谷　『黄金の日日』（78年大河ドラマ）はマイベスト大河。だからいろんなオマージュがあるんです。『黄金の日日』の1話は堺の町を織田軍が包囲しているエピソードで、そこから脱出する話なんですよ。『真田丸』1話で新府城から真田の全員が脱出するのはそれに倣《なら》った。脚本家の市川森一さんは主人公の少年時代をあまり描かない人だから、1話目から主役の俳優さんが中心で始まってる。そこも踏襲させてもらいました。

14話から大坂編に移ったら、僕のプランとして「当時大坂にいた有名人は全部登場させたい」と考えた。細川ガラシャも千利休も名のある人物はなるべく出したいと。その中に呂宋助左衛門もいた。だったら『黄金の日日』で演じられた松本幸四郎さん（現・白鸚）がいいとプロデューサーに話しました。

「それはぜひ実現させたいけど、どうやって交渉しますか」と聞かれ、あのご一家とは昔からご縁があったので、「じゃあ僕が電話します」と。ご本人とお話しして了解を得てからその回を書きました。嬉しかった。大河ファンとして極めた感じがした。

■28話［受難］関白の秀次が自害し、怒った秀吉は秀次の側室や子、その侍女までの殺害を指示。しかし信繁は秀次の娘たかを救うため呂宋助左衛門に船で逃がすよう頼む。

三谷 幸四郎さんの当たり役に舞台『アマデウス』のサリエリがあるんですが、この役のイメージも少し入ってるんですよ。サリエリはモーツァルトのライバルで、自分も才能があると思っているけど、モーツァルトにはどうしてもかなわない。その現実を突きつけられて、モーツァルトの死後に客席に向かって「私はこの世の凡庸なる人々の守り神だ」と言う。前著でも触れましたがその芝居を大学時代に観た時、サリエリのその台詞がまるで僕に言ってくれてるように感じた。劇団がうまく行ってなかった頃で、すごく励まされました。

『真田丸』で、娘たかを船で逃がす時の「この呂宋助左衛門、あらゆる弱き者たちの守り神でござる」という台詞はサリエリの台詞そのままだし、すべて引っくるめて白鸚さんへのオマージュだったんです。

◎三谷大河はさらに進化する。次章へ

第2章

大河ドラマ②

『鎌倉殿の13人』

自分の意思とは関係なく何かを中心で
やらなければならなくなった人の物語が
好きなんですね。ドラマにしやすい。

■『真田丸』からわずか5年の間隔で書かれた本作は高い評価を受け、SNS流行語大賞2022のテレビ・映画部門賞、2022年12月度ギャラクシー賞月間賞など多数、三谷さんは第41回向田邦子賞、第74回日本放送協会放送文化賞などを受賞。
平安時代末期からを北条時政の次男、義時を主人公に、源頼朝が開いた鎌倉幕府、頼朝死後の13人による合議制の政《まつりごと》からの跡目争い、覇権争いを描いた。ユーモラスな台詞がありながらも殺人のリアルな描写が多く、異色の大河ドラマとなった。

◆ラストのどんでん返しと、理想の連ドラ

――鎌倉時代は三谷さんの希望でしたか？　それともオファーですか。

三谷　NHKの清水拓哉Pと最初に話した時は、源義経の名前が挙がったんじゃなかったかな。「だったら同じ時代の北条義時を書きたい」と僕が言った記憶があります。義経は以前にも何度か大河ドラマになっていますから。

義時を主人公にすると源平合戦から承久の乱まで扱えるから。僕が学生時代にオンエアされた『草燃える』（79年大河ドラマ）は岩下志麻さんの北条政子が主人公で、松平健さんが北条義時をやられていましたが、その時はあくまでもサブ主人公だったから。

――『真田丸』と比べて、というより過去の大河ドラマと比べてかなりダークミステリーの

趣《おもむき》があります。

三谷　『真田丸』の第8回［調略］は、真田昌幸の情け容赦ない策略が描かれた回。最後まで展開が読めない、ある意味斬新な回だったんだけど、かなり反響が大きかった。〝まさかあそこまでひどいことをするとは思わなかった〟というのもあったし〝ハードな展開に息をつく間もなかった〟というのもあった。『鎌倉殿…』を書くにあたって、清水プロデューサーから言われたのが、「『真田丸』のあの回みたいな話を毎回観たいです」ということ。

——すごいプロデューサーですね。

三谷　意図はよくわかったので、わかりましたと。これから自分が書く長い物語のテイストみたいなものが見えた気がしました。

——そういう作り方にすると最初に決めたので、ラスト5分くらいにどんでん返しのある回が多いわけですね。

三谷　読めない展開にしたり、ラストに裏切りを入れたりといった手法を、意図的に多用したのは間違いないです。

——予想できない裏切りもそうですが、来週も観たくなる終わり方も多かった。

三谷　それって連ドラを書く上での、一番のポイントだと思うんです。『新選組！』の時は、毎週視聴者が観るとは限らないからと、一話完結の形にしてほしいと当時のプロデューサーに言われたのでできなかったけど、『真田丸』『鎌倉殿…』ときて、ようやく実現できたかな。早く次週が観たくてたまらない、ええっここで終わるの⁉　これで1週間待つのかよ！　というのは、連ドラの醍醐味ですからね。でももっともっと工夫はできたはずだし、悔いは残っています。

――来週に引っ張る終わり方がショッキングな作りになってる点も特徴。二つ挙げさせてもらいます。阿野全成《ぜんじょう》が藁人形をすべて棄てたはずなのに、軒下に一つだけ残ってる画《え》に誰かの手が伸びた瞬間に終わる（29話「ままならぬ玉」）。映画『キャリー』⑴のラストシーンで墓の下から手が出てきたようなショッキングな感じで。

三谷　あれは確実にアメリカ映画の影響ですね。

――草笛光子さん演じる比企尼が来て、庭で遊ぶ善哉《ぜんざい》に「北条を許してはなりませぬぞ」と迫るラストシーンなんてホラー的（32話「災いの種」）。

三谷　あれは怖かった（笑）。

――どんでん返しなど、私の個人的な見どころを一話ずつ短く書いた巻末の《全話簡単あらすじ》をぜひ読んでいただきたいです。

◆鎌倉時代とシェイクスピア

三谷　『真田丸』の明るさに比べて『鎌倉殿…』は全体的に暗い。なぜなら、鎌倉時代がそもそも怖い時代なんですよ。空気感が怖い。例えば戦なら石を投げたりもする時代だから、なんだか生々しいんです。それに輪をかけて演出も怖かった。やたら鳥が飛び立ったりね。

——私はダークミステリーの趣を、裏切りや死を介したどんでん返しが多い構成と暗い演出に感じました。日本の昔を扱っていても、イギリスのミステリードラマを観ているようで。

三谷 『鎌倉殿…』の世界観は確実にシェイクスピア。影響を受けているというより、そもそもシェイクスピアの描くものと鎌倉時代が似てるんです。「ヘンリアド」（『リチャード二世』『ヘンリー四世第1部』『ヘンリー四世第2部』『ヘンリー五世』の4作品）と呼ばれる連作史劇もそうだし、『オセロー』も『ハムレット』もそう。シェイクスピアが紡《つむ》いでいった物語と、鎌倉時代に実際にあった出来事がすごく似てる。

——それもあってああいう展開や暗い雰囲気になったと。

三谷 シェイクスピア作品をドラマ化した『ホロウ・クラウン』というシリーズがあって、そこでは、王冠が象徴的に描かれる。王から王へ王冠がバトンのように引き継がれていくんです。あれを『鎌倉殿…』でもやりたいと思った。

でも当然、日本には王冠なんてない。時代考証のスタッフの方に「頼朝から頼家、実朝、公暁へと引き継がれていく何か象徴的な小道具はないでしょうか？」と聞いてみたんです。でも、そんなものはない。じゃあ自分で作ろうと思い立って、頼朝が挙兵する時に手に入れ

1 76年／米映画。スティーヴン・キング原作。いじめを受けてきた女子高生キャリーがプロムパーティーで超能力を使って復讐するホラー。

たドクロを権力の象徴にして、次から次へと権力者の手に渡っていくことにした。その話をシェイクスピア研究家の河合祥一郎先生にしたら、河合先生は『鎌倉殿…』を観てくださっていて、「それを聞いて驚いた」とおっしゃる。

「三谷さんは知っていて書いたと思いました。王冠は英語でクラウン。crownは最初はドクロの意味だったんですよ」ですって。

そんなことこっちはまったく知らないわけで。そういう不思議な偶然がありました。

――鎌倉時代とシェイクスピア作品の共通点でもありますね。

三谷　『ヘンリー四世』で、王様のヘンリー四世が病気で死んだと聞かされて息子のハル王子が訪ねて来るんです。父親の亡骸を前に、独白の台詞が続くんです。俺は親父を乗り越えてみせるみたいなことを言うんだけど、するとお父さんが「俺はまだ生きてるぞ！」と起き上がる。そのシーンを読んだ時、僕は爆笑して（笑）。こんなおもしろいシーンがあるのか！　と思いました。河合さんにお聞きすると、そのシーンをギャグとして演出した演出家はまだいないと。

――いないでしょう（笑）。

三谷　頼家が絶対死んだと思われていたのに生き返る回（31話［諦めの悪い男］）を書いていた時、その話を思い出した。物語の展開上、絶対に死んでなきゃいけない人が生き返った時の恐怖とおかしさ。それを感じながらあのシーンを書きました。ちょっとシェイクスピアになった気持ちで。

——頼家が死にそうで死んでなかったのは史実なんですか?

三谷 と言われてます。普通、あり得ないじゃないですか、あそこで元気になるのは。逆に脚本家の創作だったら、プロデューサーが怒りますよ。無茶苦茶だもん。史実ってすごいなと思いましたよ。

——『真田丸』は戦国時代だから大きな戦が多かったですが、『鎌倉殿…』は源平合戦のあとは内輪のもめ事や私利私欲、つまり身内の権力闘争で裏切ったり殺したりの話が中心です。

三谷 小競り合いもいいとこだし、本当にチマチマした話で、戦というよりただの殺し合いですからね。

——義経、頼朝と亡くなったあと、おもしろくなるのか不安でしたが、内輪もめの殺人をドラマチックに仕立てましたね。

三谷 派手さはゼロですが。本題はそこから。でもそこは『ゴッドファーザー』(1)の影響が大きいですね。ほぼギャングの世界ですから。ゴッドファーザーの日本版を狙って制作された『仁義なき戦い』(2)シリーズはそれまで観たことなかったけど、スタッフに勧められ

1 72年/米映画。20世紀半ばのアメリカを舞台にイタリア系移民のマフィアを通して家族愛や人間の忠誠と裏切り、権力争いなどを描く。マーロン・ブランドやアル・パチーノ出演。パート2、3もある。
2 73年。第2次大戦後が舞台の東映ヤクザ映画。深作欣二監督、菅原文太出演。

て観たら、これもまた勉強になりました。

――それらを参考にしても、おもしろくは書けないとも思いますが。

三谷　僕の力というよりも、史実の力だと思います。実朝の話も公暁の話も知れば知るほどおもしろい。

それと、鎌倉時代は戦国時代よりも400年くらい前だから、むしろ神代の世界に近いんですよね。その分、神話性も高い。実際に彼らは呪いや正夢を信じていたし、蘇りも信じていた。

「ここで死んでもどうせ生まれ変わる」と思っている。現代人と比べたら死の感覚が違う。一回休みみたいに、ちょっとしばらくいなくなれ、という感じて平気で刺したりする。自らも「また戻ってくるよ」という感じでさっさと自害する。調べるとビックリしますよ。『真田丸』の戦国時代はそこまでじゃない。人間としてだいぶ成長している。鎌倉時代を描く上で、そこは決して素通りはできないと思った。

――「あの人、死ねばいいのに」と呪い、本当に死ねばその呪いのせいになる。そんな時代性がよくわかるドラマでした。1年の大河を通してかなり死にました。

三谷　登場人物のほとんどが死んでますから。主人公の義時が最終回のラストシーンで死んで、第1話から出ていて結局生き残るのは、北条政子、妹の実衣、三浦義村の3人だけですから。

◆『鎌倉殿…』の後悔

——神話性が高い時代とはいえ、史実に沿った上で、嘘や裏切りがラストで明かされる展開を創作するのは難しいのでは？

三谷　史実を全部描くことは、たとえ1年あっても無理なので、どこをピックアップして、どこを省略するか。そして史実にない部分をどう織り込んでいくか。その辺のさじ加減は大河ドラマ3本目にして、やっとなんとか見えてきた感がある。だから本来僕は大河に向いてないのかもしれない。

——三谷さんのキャリアでも、連続ドラマの脚本の書き方をやっと摑めたと？

三谷　そうなんです。そしてそれでも心残りはいっぱいあるんです。もう一度、頭から全部書き直せばもっとよくなるはず。当たり前ですけど（笑）。

『真田丸』で一番後悔してたのは最終回で大坂城に火を放った人物についてだとお話ししましたが、『鎌倉殿…』の後悔は、頼家が死んだ時に母親の政子がお墓参りに行くシーンをカットしたことかな。初稿には確かあったはずなんです。政子は頼家が病気で死んだと聞かされて、お墓参りに行くんです。でも台本打ち合わせの際にカットしてしまった。どうしてもスケジュールの都合で、お墓のセットを組めないらしい。でもね、実はあれってとても重要なシーンだったことにあとで気づくんです。あのシーンがないと、政子が頼家の死の真相を知らされてないことが、視聴者に伝わらない。僕はそれに気づかなかった。自分で書いておいて、そのシーンの本当の意味に気づいていない。ダメダメ脚本家です。そしてお墓参りのシーンがないことで、最終回に影響が出てしまった。

——最終回、義時と政子の姉弟が縁側付近で二人で話す長いラストシーンですね。

■48話［報いの時］ラストシーン。病にやつれた義時は自分が指示して殺《あや》めた13人の名前を挙げる。中に息子の頼家の名が出たことに驚いた政子から「待って。（略）あの子は病で死んだって、あなたは……」と迫られ、義時はうっかり本当のことを言ってしまったことを悔やむ。そしてエピソードタイトル通りに報いを受け、最終回は終わる。

三谷　政子は最終回で初めて、頼家の死の真相を義時から聞かされ、驚愕する。でもね、視聴者の中には「え、政子って知らなかったの？」って思った人もいたはずなんです。政子は当然知っていただろうと。

——実は私も数話前に違和感がありました。源実朝が三善康信から過去の真相を聞き出した直後、母親の政子に頼家の死因について迫りますよね。（44話［審判の日］）

三谷　そう、あそこのシーンもちょっと強引なんです。政子は死の真相を知っていたのか、知らないのか。この段階でも視聴者にはわからない。もちろん政子役の小池栄子さんには伝えてあったと思います。そうでないと芝居ができないから。でも、少なくともお墓参りのシーンがあれば、視聴者も政子と同じ思いで、あの場面を観られたはずなんです。視聴者を宙ぶらりんにさせてしまった。厳密に言うと、もし真相を知っていたのだとしたら、政子はああいうリアクションにはならないはずだし、口にする台詞も変わっていたはず。だからかろうじて物語的に矛盾はない。矛盾はないんですけど親切ではない。

——三善康信が実朝に真相を話す直前でシーンが変わるので何を言ったかわからないし、そのあとで実朝は政子に「兄上は突然の病で亡くなった。私はそう聞いていました。生き返ったらしいではないですか。伊豆へ追いやられ、挙げ句……」と言うから殺されたことかはわからないのですが、「兄上がそんなに憎いのですか！」と泣くくらいですから、政子が「いったいなんの話なの?」と聞きそうな気もして。

三谷　そうなんです。あそこを書いていた段階では、既にお墓参りのシーンの重要性に気づいていたから、もう必死ですよ。なんとか辻褄を合わせなくてはいけない。テクニックでごまかして、すぐに次のシーンに行ってしまった。とはいえ、政子が知っていたかどうかがわからないことで、計算外のサスペンスが生まれたのも確か。そう思うようにしています。

——それだけ1年間の連続ドラマは難しい。気づいた日がオンエア後では間に合わない。脚本家にも1年間のドラマがありますね。

その最終回では「13人」が頼朝死後の政を合議制で行う人数と同時に、義時が戦略的に殺めた人数のダブルミーニングとなる。

三谷　そこにもミスがあった。13人の中に頼家の息子が入っていない。善児に殺させた子、一幡《いちまん》。本当は入れてあげるべきだった。でも入れたら14人になっちゃうんです（笑）。子供ということで除外させてもらった。そもそも13人というのは、厳密に考えると幕府の犠牲になった人物はもっとたくさんいるわけで、数字そのものにはあまり意味はなく、大勢の犠牲者の象徴としての13なんですけどね。

◆ロケに見えるCGの進化

――特徴的な撮影やCGについてお聞きします。8話ほどオンエアされたあとの3月頭に私が《ロケが多い印象で、木々と青空のコントラストが鮮やかですね》と、CGだとは知らずにメールを送りました（笑）。三谷さんからは《撮影方法が違うんです。ロケに見えるけど屋外シーンの3分の1はセット。今まではグリーンバックで背景を合成していたのですが、今回はルーカスフィルムが開発した、映像を無数のLEDに映してその前で芝居をするようなシステムを導入。そのおかげでロケと同じ効果が出せるのです》とのことでした。

三谷　それとカメラの数を抑えて、すごく映画的に撮ってくださった。だいたいテレビドラマの場合、たくさんのカメラで同時に撮影することが多い。そのほうが能率がいいから。でもカメラの数が増えれば増えるほど、どこから撮っても暗くならないように照明の数も増す。だから画面に陰影がなくなる。今回はすごく映画的な画になっていたと思います。それから撮影スタッフには、僕が昔からお世話になっている映画チームの神田創さんが参加していた。彼は僕の脚本《ホン》に慣れているから、それもラッキーでした。

余談ですが『スター・ウォーズ』（77年／米映画）は、ピカピカ光るロボットが画面に入ると、合成用のブルーバックの青い色がボディに映ってしまってすごく撮影が難しかったらしいんです。で、最近のテレビ版のシリーズ「マンダロリアン」からは、背景を合成せずに、実際にそこに映し出す方式を考案して、それであのLEDライトが出来たと、僕は聞きました。本当なのかな。

日本では『鎌倉殿…』は先駆けだったみたいですが、まだまだこれから進化していくんだろうな。例えば2話目で、義時が頼朝と小さな露天風呂に入り、語り合うシーン。外の景色はすべてLEDですが、背景の画像と手前のお風呂が馴染《なじ》んでいない気がして。撮影方法を知っているからそう思うだけで、一般の人は気にはならなかったかもしれないけど。空気感というのかな。風なのかな。正直、少しだけ違和感がありました。もちろん役者の二人はLEDのほうがブルーの背景よりはるかに演技はしやすかったと思います。

――ハリウッド映画でも昔だと主要人物の背景の街並みと通行人が明らかに合成とわかると

シラケますものね。

三谷　昔の西部劇を観ているると、ロケで撮影している決闘のシーンで、引きの画だとロケなのに、アップになるとスタジオ撮影というのがよくあった。すごい違和感（笑）。なんであういう撮り方になるんだろう。きっといろいろ事情があるんだろうけど。

——今は技術も進化し、カットを細かく割ったりする編集だと合成なのかは、ほぼ気づかない。

三谷　実際、翌年からの『どうする家康』や『光る君へ』ではかなり進歩したように思います。今後はどんどん主流になっていくんでしょうね。

◆資料で重要なのは表

——局側から送られてくる資料はどんなものなんですか？

三谷　一番役に立ったのはオリジナルの年表です。『鎌倉殿…』では『吾妻鏡』（鎌倉幕府によって編纂されたと言われる歴史書。鎌倉時代研究の基本資料の一つ）を中心に、今も残る当時の資料を元にスタッフが作ってくれました。例えば何年の何月何日に誰がどこにいたか。何をしていたか。前半だったら義時、政子、頼朝、清盛、後白河がそれぞれ、同日にどこで何をしていたかが一目でわかるもの。

――時系列になった人物早見表とでも言うか。

三谷　その表のおかげで一年通じてホンが書けた。眺めているだけで書くべき物語が見えてくる。すごいと思うのは、この表ってスタッフを除けば、世の中で僕以外の誰も必要としていないんですよ。鎌倉時代の大河ドラマを書いている僕だけのためにある。作るのには相当な労力だったと思います。数十年分ありますからね。もう感謝しかない。

その表を見て、何月何日のこの出来事を中心に1話分書こうと決めてから、『吾妻鏡』を開いて、その前後に鎌倉で起きたことを確認する作業に入る。

――まず表ありきなんですね。御家人の誰かが死んだ日に、他の御家人はどこで何をしていたかが一目でわかる。ドラマには日付がよく出てきました。

三谷　そのおかげで物語が浮かび上がってくる。『真田丸』の時は真田家、豊臣家、徳川家、上杉……とそれぞれの大名の動きが細かく書かれたものを頂いた。これも大変だったと思いますよ、作るのに。

◆『新選組！』『真田丸』『鎌倉殿の13人』の共通点

――真田丸の信繁と義時との共通点は、どちらも秀吉、頼朝に仕える立場が長い。そして秀吉、頼朝の死後、大きく変わっていく。

三谷　偶然なんですけど、信繁と義時と近藤勇の共通点は、3人とも次男坊なんですよね。本来は跡継ぎの立場ではない人が、いろんな事情で中心にならざるを得なくなり、自分の人生を犠牲にして何かを全うする。次男坊であるというのはあとで気づいたことですが。

――3人とも！　では次に大河ドラマを書く機会があったら、意識的に次男を探せばいい（笑）。

三谷　確かに（笑）。次男坊という事実は置いておいても、自分の意思とは関係なく何かを中心でやらなければならなくなった人の物語が好きなんですね。ドラマにしやすい。『新選組！』と『鎌倉殿…』のもう一つの共通点は、ある一つの目的のために集まった人たちが、目的を達成した瞬間から崩壊していくという展開。『新選組！』を書いている頃から、彼らと鎌倉初期の御家人との共通項は、感じていました。

『真田丸』と『鎌倉殿…』は共に家族の物語でもある。義時と泰時の親子関係を描くのも、僕に息子が生まれる前だったらそこに考えが至らなかったかも。

「三谷は北条泰時に一番興味を持っている」とネット記事で読んだことがあるけど、実はそんなこと一言も言ってない。むしろ泰時という人はあまりに立派すぎて苦手なんですよ。酒癖が悪いというのはあるけど、それ以外は完璧だからドラマの登場人物として魅力が少ない。どう考えても欠点だらけの義時のほうがおもしろく書ける。でも流れから終盤はどうしても泰時の話になってくる。坂口健太郎さんという素敵な俳優さんが演じることが決まって、となると、その立派なところをあえて強調して描くしかないと考えました。彼の澄んだ目には、ダークサイドに堕ちていく父親がどう映ったのか。そこから親子の対立の物語が出来た。

◆キャストについて　西田敏行さんとオマージュ

――坂口さんの名前が出ましたが、『真田丸』に続いて、俳優さんについても聞かせてください。

三谷　最初に言っておきますと、誤解されてる方もいると思いますけど僕にキャスティング権があるわけではないんです。ただ僕は当て書き（俳優の個性を活かした役柄や台詞の書き方）しかできない脚本家ですから、いつもスタッフには「キャスティングが決まってないと書けません」と伝えています。想像力が他の脚本家よりも劣っているんだと思う。

新しい登場人物が出てくると、僕の希望の俳優さんを、プロデューサーに伝えます。もちろんスタッフの希望もありますから、僕の望みがすべて叶うわけではない。ちなみにその時に二番目の候補の名前を出すと、一番目が実現しないというジンクスがあるので、名前は一人だけ。

それからこれも誤解されやすいんだけど、僕が同じ俳優さんと何度も仕事をするから、よほど彼らと仲がいいと思われがち。でも実際は三谷ファミリーなんてもんは存在しない。ファミリーは妻と息子とイヌだけ。大河の場合、僕は脚本家ですから、俳優さんとは極力接点を持たないようにしています。映画や舞台は演出もするので違いますけど。

例えば主演の小栗旬さんとは、映画『ギャラクシー街道』に出演された時は僕が監督でしたから、当然現場では接触するけど。大河の撮影中に会ったのは最初に顔合わせをした時と、稽古場に見学に行った時の2回だけ。あ、そうだ、実朝役の柿澤勇人さんが出ていた『探偵／スルース』という舞台を観に行った時に彼も来ていて、劇場でお会いしたので、3回か。

ドラマにおける脚本家のポジションはそういうもののような気がします。演出家がいるわけですから、俳優さんの演技に関することにしゃしゃり出てはいけない。

——主役が小栗旬さんで、序盤は西田敏行さんがトメ（オープニングのクレジットで最後に名前が出る俳優）。

三谷　トメですから毎回出演していただきたい。でも西田さん演じる後白河法皇と物語の中心の頼朝は西と東だから、二人の絡みはない。せっかく西田敏行とその後継者ともいうべき大泉洋がいるんだから、なんとか共演させたい。そこで頼朝の夢枕に後白河の生き霊が立つという設定を思いついた。

——あのシーンは、『ステキな金縛り』（11年）で西田さん扮する落武者の霊が深津絵里さんに乗っかってるのが着想かと思いましたが。

三谷 着想は『スター・ウォーズ』なんです。レイア姫がホログラムで出てきてルークに「私を助けて!」と言うシーンがある。あのイメージです。だから盛んに後白河も「挙兵しろ、俺を助けろ」と言っている。だから書いている時は、レイア姫みたいに、すごく小さい後白河が夢枕に立つ想定だった。等身大の後白河が頼朝の前に現れるのは、スタッフのアイデア。確かにオンエアを観ると大きいほうがおもしろかった(笑)。

余談ですがオマージュといえば、スタッフから、第1話のオープニングも義時が馬で逃げるインパクトのあるシーンから始めたいと提案があった。でも『真田丸』の第1話も信繁が馬で逃げるシーンから始まるから抵抗があった。そこはオマージュということでと言われたけど、いくらオマージュ好きな僕でも、自分の作品のオマージュは変じゃないですか。あまり乗らなかったけど、オンエアを見ると、やはり勢いがあって良かった。

あんまり同じだと嫌だから、僕はそこに一つギミックを入れた。最初はどこかの姫を後ろに乗せて逃げているように思わせて、多分大半の視聴者は新垣結衣さんだと思ったんじゃないかな。でも実はそれは女装した頼朝だということがラストでわかる。つまりこの流れも、義時が馬で疾走するシーンから始めたいというプロデューサーの提案から始まったものなんです。

◆膨らむ架空のキャラ　善児とトウの当て書きの効果

――実在の人物だけでなく、架空のキャラの活躍が目立ちましたね。

三谷　架空の人物の善児については、まず梶原善に大河ドラマに出てほしいという思いがありました。

――三谷さん主宰の劇団、東京サンシャインボーイズのメンバーでした。

三谷　彼には昔から、殺し屋の役をやってほしいと思っていて。あのひょうひょうとした雰囲気で殺戮《さつりく》を繰り返すというのが、なんだか怖くて。そんな役、彼しかできないんじゃないかって。

鎌倉時代を調べると、あまりにたくさんの人が暗殺される。当然犯人は一人ではないんだけど、どうせだったら同じ人間に全部やらせてみようかな、と。それであのキャラが生まれ、だったらやるのは梶原善しかいない。

名前も善児にして、プロデューサーにも「この役は梶原善しかいない」とアピール。一話目から早くも一人殺している。これが強烈なインパクトを視聴者に与えたみたいで、それから誰かを殺すたびに注目されていった。彼がプライベートで自分の子供と多摩川の川原に遊びに行ったら、みんな逃げていったらしい（笑）。それくらい善児が浸透していきました。そうなってくると今度は演出チームが「次はどんな殺し方がいいか」といろいろ考えてくれて。僕は細かい部分は彼らにお任せして、演出チームが毎回、殺し方と撮り方を工夫。『必殺仕事人』みたいになっていった。実は壇ノ浦の戦い（18話［壇ノ浦で舞った男］）にも善児は参加する予定で、安徳天皇の死にも関わっているという設定だったんだけど、プロデューサーから「それはさすがにやりすぎ」と止められました。

あんまり人気者になったから、次は、いつ退場させるかで悩みました。最終回まで残す案もあったんだけど、「いや、むしろ視聴者から飽きられる前に終わらせたほうがいい」と僕が言って、結局修善寺の頼家暗殺の回で死ぬことになった（33話［修善寺］）。

——人気が沸騰すると冷めるのも早いのがテレビ。しかし当て書きの最たる例ですし、1年間続く大河ドラマだからこその進展や変更です。

三谷　梶原善本人は「もう少し出ていたい」と寂しがっていましたけど、あれで良かった気がする。散り方も素晴らしかったし。大河ドラマ内の架空の人物枠の中では、けっこう印象に残る存在だったんじゃないかな。

——頼朝や義時にとっての厄介者を一人ずつ殺すシーンはいつもリアルで怖いですが、善児のおかげでか陰惨にならなかった。

三谷　梶原善のおかげです。で、善児が途中退場することになり、彼の跡継ぎを誰にしようか、と考えた。殺し屋は最終回まで必要ですから。二代目は善児ともっとも違うタイプにしようと思って、あえて女性にして、山本千尋さんにお願いしました。

アクションができる方で、昔、資料映像を観て、これはすごい人だと。本当は『真田丸』にも出演してほしかったんです。忍者の佐助には奥さんがいたという設定で。でもその時はご縁がなくて。初めてお会いしたのは『誰かが、見ている』（第6章参照）のオーディションでした。その時はアクションはなく。『鎌倉殿…』のトウ役で、ついにあの見事な芸をお茶の間に披露することができた。

――しかも善児の最期はそのトウに殺される。善児が父の仇だったわけです。あのラストがまさにラスト5分のどんでん返しでした。

三谷　トウで印象に残っていることがあります。政子が自害しようとするシーン（45話「八幡宮の階段」）。完全に僕のオリジナルなんだけど。息子の実朝、さらには孫の公暁までが非業の死を遂げ、政子にしてみれば、命を絶とうと思ってもおかしくない。それであのシーンを作ったんですが、もちろん史実では自害していないので、ここは誰かが止めなくてはいけない。「じゃあ誰が助ければ一番ドラマチックか？」と考えた時に、トウの顔が浮かんだ。残忍な殺人を繰り返してきたトウが政子の命を救う。殺し屋が言う「自ら死んではならぬ」という台詞の重さ。このシーンを書いた時に「そうか、僕はこのシーンを書くために、トウという役を作ったんだな」と初めて気づきました。

こういうことってよくあるんですよ。自分の意思じゃないんです。自分もなぜこのキャラクターを作ったのか、なぜそのキャラクターのこういうシーンを書いたのかがわからない。書き進めて、あとになって気づく。

――きっかけは善児の後継者として誕生したが、書き進めて後半に「自ら死んではならぬ」という台詞が浮かんだことにより、そのキャラクターを作った本当の理由がわかる。

三谷 不思議です。そのシーンを思いついてからはすべて逆算でストーリーを作っていく。なぜトウは政子のいる御所にいたのか。誰かの暗殺に失敗して囚われていたことにすればいい。では誰の暗殺に失敗したのか。それで、トウが源仲章《なかあきら》を殺しに御所に忍び込み、逆に罠にはまって捕まるシーンが出来ました。

最初トウの最期は、承久の乱の後に後鳥羽上皇を殺しに京まで行って返り討ちに遭うというプランだったんです。だけど、山本千尋さんのお芝居を観ていると、どうも違う感じがして。『鎌倉殿の13人』という暗い時代の暗い物語における、唯一の救いをトウに託したくなってきたんです。そこで最後まで生き延びて、御所で子供たちを育てていく設定にしました。トウが生き残ったのは、山本千尋さんのおかげです。

――山本千尋さんや梶原善さんの例でいくと、常に撮影のプレビューを観てないと書き直せませんよね？

三谷 本当は一話から最終回まで脚本を書き、完成品にしてから第一話のクランクインを迎えるのが理想だと思います。それは一クールのドラマにしろ一年間の大河ドラマにしろ。

でもそうじゃない良さもある。完パケを観たり視聴者の反響を耳にして、役が膨らんでいくことも当然あるんです。

――善児が子供に人気が出たとかはオンエアからしばらくしないとわかりませんよ。

三谷　でもね、不思議なものでなんとなくわかるんですよ、この役は火がつくな、と。

そういえば『王様のレストラン』の時もプレビューを観て大きな変更があった。本当は、筒井道隆さんと山口智子さんが恋愛関係に発展する予定だったんだけど、一話、二話を観て「あれ、この二人、絶対に恋愛関係にならないな」と思った。だからその流れは棄てて、結局、山口智子さんと松本幸四郎さんがなんとなくいい感じになるように路線が変更されました。

――たいていはストーリーを変えないと思いますが、当て書きの三谷さんは大胆に変えるんですね。

三谷　舞台もそうですね。本来は完璧に書き上げて台本を俳優さんにお渡しし、台詞を覚えてもらってから稽古に入るのが理想でしょうけど、稽古しながら台本を書いていく良さもある。頭の中だけで書くのではなくて、実際に俳優さんが口にした台詞を聞き、動きを見ながら物語を修正していく。

◆俳優からの相談での〝脚本家の立ち位置〟

――かなり昔にフランシス・フォード・コッポラが、〝自分の思惑通りに俳優が演技する確率は10%だ〟とか言っていた記憶があります。

三谷　もしかしたらそうかもしれないけど、それは決して悪いことじゃない。自分の予測した芝居と違っていても、むしろそのほうが良いことだって、実際ありますから。

もちろんドラマは僕が演出をしないので、「え？　こんなふうに演じちゃったの？」と思うこともありますよ。でももう遅い（笑）。そもそも脚本家は口を出すべきではない。だから現場には極力行かない。行ったら何か言いたくなるから。役者たちは「脚本家は必ず正解を持ってる」と思っている場合があって、僕が何か言うと、その発言が絶対になってしまうことがある。本当は違うんですよ、脚本家だってわかってないんです。誰もわかってない。だから現場では演出家の意見に従うべきなんです。

――演出家はドラマにおける監督ですからね。演出家、俳優さんにも役や台詞の解釈があり、現場で三谷さんに指導されたらそれが正解と思われ、俳優さんのいいところを消すこともあり得る。

三谷　たまに俳優さんから「この台詞はどういう意味ですか」「どう演じればいいですか」

と尋ねられます。僕の演出の作品に以前出てくれた俳優さんは、やはり演出家のイメージが強いみたいで、よくそういう質問をしてくる。そういう時は、「あくまで僕の考えだけど……」と前置きして答えてます。

大泉洋さんはすごくまじめ。どんな作品も一生懸命取り組んでくれて、考え込むタイプ。『鎌倉殿…』の時も細かい演技のことで電話をくれました。「演出家は違う解釈をするかもしれないので、最終的には演出家に従ってほしいけど」と断った上で、自分の解釈を話すと、「わかりました」と大泉さんは納得してくれる。こちらからは連絡しないけど、そうやって僕に質問してくる役者さんは何人かいます。僕も問われれば、きちんと意見は言う。

でも僕が話したことは、暗黙の了解として「三谷さんはこう言ってました」と演出家に言ってはダメなんです。場が混乱するだけだから。だいたいその辺のことは皆さん、理解してくれているんだけど、一度だけこんなことがあった。

佐藤二朗さんから電話があって「あのシーンについての、三谷さんの思いが聞きたいんだけど」と言われた。彼も熱心な人なんです。同じように断りを入れてから「僕はこう思う」と話したら、「なるほど」と佐藤さん。

その次の日、プロデューサーから連絡があって、「三谷さん、佐藤さんに何か言いましたか」って。撮影現場で演出家と佐藤さんの考えが違った時に、佐藤さんが「いや、三谷さんはそうは言ってなかった」と言ったらしいんですよ。僕はすぐにプロデューサーに謝って、佐藤さんにも電話した。「ダメじゃないですか、僕の名前を出したら」「ごめん、自分の考えにハクをつけたかったんで、つい言ってしまった……」

だから反省してるんです。やはり脚本家と役者が直接話してはいけない。

――その言い訳が佐藤さんのイメージそのまま（笑）。三谷さんを後押しに使ってしまった。佐藤さんなら許されそうですが。

三谷　佐藤さんのことは大好きですよ。特に僕の作品に出てくれる佐藤さんが一番好き。他のドラマだと彼がやりたい放題の時もあるから（笑）。

――それだけ役割分担はデリケートということですね。

三谷　『新選組！』の頃は僕もまだ役割分担がよくわかってなくて、現場に通って、俳優さんと直接話してました。今はほとんど行かない。もちろんオンエアを観て不満に思う時もなくはないけど、いいことのほうが多い。

◆脚本家と演出家の違い＆日米の違い

――三谷さんの狙いと違った演技や演出を、よければ一本教えてください。

三谷　やはり「笑い」に関してのことになりますね。頼家が井戸に落ちたシーン（29話「ままならぬ玉」)。これは『吾妻鏡』に出てくる話なんだけど、こんなおもしろい史実を使わない手はないと思って書きました。

――夜に井戸のあるところで頼家と義時が話すシーン。話を聞いていただけの平知康が井戸に落ち、助けようと綱を下ろした頼家も落ちる。義時が「あー！　鎌倉殿ー！」と突然コント風になりましたね。

三谷　ああいうおもしろいシーンって、ストイックに撮ったほうが笑えるんです。井戸に落ちること自体がおもしろいんだから。若い演出家の方だったんですが、撮影の前に「できるだけおもしろく撮らないでください」とお願いしたんです。その時は「わかりました！」と言ってたんだけど、蓋を開けてみると、かなりおもしろくなっていた。現場で盛り上がっちゃったのかなあ。おもしろいのはいいんだけど、おもしろすぎちゃうとむしろおもしろくなくなる。この辺のさじ加減が難しい。

「何か縄のようなものはないか」「縄のようなものはないが、縄はあったぞ」というやりとり、僕大好きなんです。他の作品でもたまに使っちゃうんだけど。ああいうマヌケなセリフはできるだけ真剣にやったほうが効く。

――言い方までは書きませんから、台詞の捉え方が演出家によって違う。それと脚本は活字だから、メインになる台詞と小声で呟く台詞が同じ太さで印刷される。脚本家のニュアンスはガヤ（その他大勢の音声）のような小声なのに、アップではっきり言われると違いますよね。

三谷　小声は文字を小さくしたいくらい（笑）。

――でもト書きで〈後ろのほうでボソッと呟く。〉とか三谷さんは書かないですよね？

三谷　小声で喋ることが最重要な時には書きますけど、本来僕はト書きはあまり書かない。ト書きだらけの小説みたいな脚本を書く方もいますよ。でも僕は小説家じゃないから、可能な限り、ト書きは書かないようにしてます。演出家に委ねる。

もちろん、解釈をト書きで補足しなければならない場合もあります。例えば「これ食べる？」と聞かれ、「いいよ」と答えた場合、これだと、OKなのかNGなのかがわからない。その時は〈（嬉しそうに）いいよ〉とか〈（嫌そうに）いいよ〉とか書きます。細かいけど〈（首を振って）いいよ〉はダメ。縦に振ったのと横に振ったのだと意味が逆だから。

――アメリカの映画の脚本は細かいらしいですね。〈3歩歩いて右手を挙げる〉とか。

三谷　すごく細かいです。台本が分厚くて驚きます。たぶんディレクター（監督）の立ち位置が日本と違うこともあると思います。クリント・イーストウッドの撮影現場の映像を観ると、演技指導を一切しない。やりたいように演じさせてるようで。でもそれは演技指導がもう脚本に書かれているからなんじゃないかな。

日本だと演技指導を含めて演出ですから。僕も以前は綿密に書いていたんです、特に舞台の時は。演出家に間違った解釈をしてほしくなかったから。でも自分で演出するようになってから、どんどん省略するようになった。雑になってきている（笑）。その癖でドラマの脚本もト書きが少ない。あくまで台詞中心です。

◆脚本は設計図、映像は演出家の手腕

――義時の兄の北条宗時が殺される回（5話「兄との約束」）で、殺される前に弟の義時に「俺はお前だけに言う」と話し始めるシーンを途中で切って、殺されるシーンや他のシーンを挟んで、死ぬ前に義時に話した続きの「俺はこの坂東を俺たちだけのものにしたいんだ。坂東武者の世を作る。そして、その天辺に北条が立つ」などと伝えたシーンを持ってくる。ああいう前後を入れ替える構成だけでおもしろ味がまるで違います。

三谷　あれは演出の吉田照幸さんの手腕。僕のホンではそうなってなかった。僕自身、プレビューを観て「え！　すごい。これは思いつかなかった」と思った。そういう良さもあるんです。

――脚本のシーンの順番を替えてもいいんですか？

三谷　もちろん。それも演出家の仕事ですから。嫌がる脚本家もいるとは思うけど。でもよくなっている時は、視聴者は僕の手柄と思うはずだから、何の問題もない（笑）。
脚本は設計図ですから、それをどう組み立てるかは演出家の仕事。

――私もあの構成が好きだから三谷さんに尋ねたわけで、成功だと思います。

三谷　吉田さんは少しクセのある演出家さんで、1年間終わった時に話してくれたのですが、最初の頃は脚本家を意識しすぎて〝絶対に台本通りには撮らないぞ〟と思っていたらしい。でも途中から、「三谷さんの台本通りに撮るのが正解なんだと思い始めて、意味のない闘いを挑むのはやめようと思った」と。

――すごい話ですね。

三谷　そんなふうに思っているとは知らなかった。早く言ってほしかった。でも、脚本を変えるのは全然いいんですよ。いいドラマになるなら。

最終回のラストも、僕の脚本と変わっているんですが、とってもいい終わり方なんです！　ラストのラストで政子が義時の死を看取ったあとに泣くところ。暗転して、スタッフのクレジットが出る暗い画面に政子のすすり泣きだけが微かに聴こえる。すごく印象的なラストになっていて、ああいうふうに台本では指示してないから、あれこそ吉田さんの手腕です。あんな余韻で終わる大河ドラマはかつてないですから。

他にも、デリケートな演出でやたらと鳥の声や虫の鳴き声が多い。あの効果により、人間と自然が密接に関わっている鎌倉時代がすごく伝わってくる。当然僕は指示していませんし、僕には描けない。「いいなあ」と思って毎日観ていました。

――三谷さんはト書きで〈頼朝、虫の羽音がする林道を歩く〉とは書かなそうですね。

三谷　絶対書かない。あくまで台詞中心。すごい演出家です、吉田さんは。でもあの人、笑いが大好きなんです。自分なりの笑いへのこだわりがすごい。そこだけ、僕と合わない（笑）。

——シリアスな展開の合い間に短くコメディのやりとりを入れる三谷さんの作り方は、演技と演出が難しいと思います。特に大河ドラマはストーリーを逸脱したらいけないギリギリのところで笑いを入れるのが。

三谷　最終回の義時と三浦義村の二人のシーンはすごく難しかったと思います。

——妻ののえが三浦義村（山本耕史）に貰った毒を入れた飲み物を飲ませていたと知った北条義時は、義村に「のえが体に効く薬を用意してくれた。それを酒で割って飲むと美味い」と注いだものを勧める。義村は断ると疑われるので仕方なしに飲むと徐々にろれつが回らなくなり悶絶するが、義時は「これはただの酒だ。毒は入っておらん」と同じものを一気飲み。義村は急に真顔で「ほんとだ。喋れる」と。

三谷　ちょっと間違えるとコントになっちゃいますからギリギリのラインを越えちゃいけない。でもあそこは吉田さん、ちゃんとわかってくれていた。

——義村役の山本耕史さんの笑いで私が好きなのは、合議制の13人を選ぶ話し合いのシーン（27話「鎌倉殿と十三人」）。「佐々木のじーさんは？」と聞かれ「もう死にました」、「千葉のじーさんは？」「もうすぐ死にます。じーさんはやめておきましょう」と淡々と答える。間がおもしろかった。

三谷 あれ、最高でしょ。でも山本耕史さんのアドリブなんです。僕は書いてない。

——大河ドラマでアドリブがあるんですか？ 三谷さんの脚本ならアリ？

三谷 おもしろければね。だから笑いがわかっている人ならやってもいい。山本耕史さんはわかっているからOK。

——山本耕史さんはドラマにおける笑いの比重を知り尽くしている感じがします。『新選組！』『真田丸』に続き、重要人物で出ていますね。

三谷 彼の良さを一番わかっている脚本家は僕だという自負はあります。3本とも出演してもらったのは山本耕史さん、小林隆さん、鈴木京香さん。あと、僕は知らなかったけど、井戸に落ちた平知康役の矢柴俊博さんも、出番は少なくても全部出ているそうです。

——三谷さんの大河はすごい人数を出しても、全員にキャラづけがある。物語を強引に展開する時などキャラがないがしろになることはないんですか？

三谷 ワンシーンに大人数が出てきたら無理ですけど、要所要所でキャラづけするから困ったことはそんなにないですね。史実という元があって、そこから膨らませるわけですから。仮に『鎌倉殿の13人』の物語を架空の国の架空の人物ですべてオリジナルで書けと言われたら、キャラ作り含め10年くらいかかりますよ。

というか、やりたくないな、大変だもん。

第3章

『清須会議』再び
人生のターニングポイント
——家族の誕生・
『おやじの背中』・がんを患う

53歳の時が大きなターニングポイント。
自分で決めたわけじゃないけど、
自然とそうなった。

■この章は、三谷さんが50代になった頃のターニングポイントのお話です。まずは前著『創作を語る』のラストのほうにある初の時代劇映画監督作。11年経った今どんな位置づけになるのかを短く語ってもらった。

◆『清須会議』（2013年）小説より脚本を書きたい理由

――ベストセラーになった小説版『清須会議』（12年、幻冬舎）は地の文が小説的ではなく、基本的に登場人物が章ごとに入れ替わって独白していく形式でした。従来の小説の書き方で書くのは難しいと前回言ってましたが。

三谷　普通の形式の小説を書くのは僕には無理でした。前にも書いたことはあるけど、いつも地の文でどこまで描写すればいいのかで悩む。『古畑任三郎』のノベライズを書いた時に思ったんです。古畑が現れるシーンだと、ドラマの台本だと〈古畑、登場〉で済む。あとは田村正和さんにお任せすればいい。

でも小説の場合はそうはいかない。「外見はどこまで描写すればいいんだ？」「襟足の長さも書くべきなのか？」と悩んでしまう。

台詞にしてもそう。台本なら〈古畑「弱りましたね」〉で済むんだけど、小説だと〈「弱りましたね」と古畑は言った。〉になる。でもこれの連続だと単調になるから〈古畑は「弱りましたね」と首を傾げた〉みたいなバリエーションを入れたりする。でも、そういうことに頭を使うのがだんだん面倒くさくなってくる。

結局、「僕には小説は向いてないんだ」と見切りをつけて、それ以来シナリオに専念しているところもあったんです。

そもそも、文章を書くことが得意じゃない。新聞のエッセー連載も20年以上やらせてもらってますけど、いまだに馴れない。

でも『清須会議』の場合は、映画の宣伝の一環としてまず小説を書いて、それを映画化するという流れを自分で企画したんです。

自分に描きやすい小説の書き方を模索しました。登場人物たちのモノローグ形式にしたのも、それなら僕にもなんとか書けそうだから。苦手な人物描写も飛ばせるし。内容に関しては、〝この場面は映画にした時に実現できるのか〟といったことは一切考えずに、自由な発想で書いてみました。『創作を語る』で触れましたが、猪狩りのシーンは映像化するとトンデモなくお金がかかるとプロデューサーに言われ、映画では旗取り合戦になりました。

大河ドラマの章でも言ったけど、僕の場合、脚本は役者さんへの当て書き。だから役者さんがいない段階で、小説を書き進めるのはけっこう辛かったな。やはり小説家向きではないんです。

■清須会議とは、安土桃山時代の天正10年、織田信長とその後継者となるはずだった信忠の死後、織田家の継承問題と領地配分を決める清須城での会議のこと。会議の参加者は柴田勝家（役所広司）、丹羽長秀（小日向文世）、羽柴秀吉（大泉洋）、池田恒興（佐藤浩市）の4人。勝家と秀吉は後継者として三男の信孝（坂東巳之助）、次男の信雄（妻夫木聡）をそれぞれ推すが、そこに駆け引きや裏切りが渦巻く。勝家は信長の妹、お市（鈴木京香）に惚れており味方につけようとするが、秀吉は他の二人と裏で繋がり……三谷さんの好きな話し合う台詞劇の時代劇版のような趣があるコメディタッチのシチュエーション時代劇。

◆制作費がかかるCG

――翌13年に映画化され、ヒットします。『創作を語る』が発売されたのは公開直後で、「脚本も監督もやる初めての時代劇だから、どう受け止められるか不安で仕方ない」と話されていましたが、今はどう振り返りますか？

三谷　まず時代劇は、時間とお金が現代劇よりはるかにかかる。エキストラをあれだけ動員したのも初でした。

ここではCG合成のことを詳しくお話ししますね。自然の多い場所でのロケでも、どうしても電柱とか映り込んでしまうので、それをCGで消さなきゃいけない。それくらいはイメージできたんだけど、他にもいろいろお世話にはなりました。

史実として清須会議は夏に行われましたが、今回はスケジュールの都合で冬の寒い時期に撮らなきゃならなくなった。夏という設定は外せないから、俳優さんの白い吐息は消さなきゃいけない。それも合成チームにお願いしました。そして映画の頭と終わりは、柴田勝家の軍勢が田んぼのあぜ道を進む。ところが冬の田んぼって何も生えてない。ここにはCGで大量の苗を植えていただいたんです。

――ハリウッドのアクション映画ではCG技術にかなりの予算が割かれているんですかね。

三谷　やはり作業に時間がかかる。時間はお金ですから。合成チームが半年くらいかけて完成させてくれた。静岡県浜松市の浜辺で撮影した旗取り合戦のシーンは、天気も悪くてメチャクチャ寒かった。それを真っ青な夏の空の下に加工しなきゃいけない。でんでんさん（前田玄以役）は、少しでもCG合成にかかる手間を少なくするために、台詞の前に氷を舐めていました。口の中が冷たいと、息が白くならないんです。

10年以上経った今だったら、浜辺の旗取り合戦のシーンは全部スタジオで撮れたかもしれないな。『鎌倉殿…』でお話ししたLEDを使っての撮影技術はものすごい進歩ですからね。

◆史実とフィクションのバランス

――脚本について、今はどんな捉え方ですか。

三谷 『真田丸』『鎌倉殿の13人』を書いたあとなら、史実とフィクションの合体のさせ方がもう少しうまくできたかもしれない。このインタビューのために最近観返したのですが、「ああ、もっとおもしろくなるのにな」と歯ぎしりする思いのシーンがいっぱいあった。

――『鎌倉殿…』の章ではうまく混ぜられるようになったとの話がありましたね。本作での史実とフィクションのバランスについては？

三谷 『清須会議』は大河ドラマではないので、フィクション寄りの作り方にしたつもり。例えば三法師の母親が、武田信玄の血を引いた松姫という設定になってますが、これは史実では本当かどうかわからない。多分違うと思う。でも、映画はそれでいいんです。時代劇は歴史劇と違って、ファンタジーの要素が強くても構わない。

僕が目指したのは、そういうファンタジーな設定がありながらも、全体的には史実通りというスタイル。でも難しかったです。上手に嘘がつけてないというか。

――時代劇でありながら殺陣《たて》のシーンはほぼなく、会議が主。『12人の優しい日本人』（90年初演の舞台）の陪審員もののような、三谷さんが好きな話し合いの展開。

三谷　本当は『12人…』みたいな、十数人の武将たちが議論し合うだけの映画を作ってみたかった。でも史実を調べると清須での会議に実際に参加したのは4名。フィクションにしても良かったんだけど、ここは嘘をついてはいけないところだと、自分の中で線を引いてしまった。

今なら史実と違っていても、参加者を10人くらいに増やしてしまうかもしれない。そのほうがおもしろいから。

――小説版では会議で領地の分配の問題も決められる。そこも駆け引きがあって読み応えがあり、跡目を決めることと二つの柱だったのですが、映画版ではカット。史実をバッサリと省いたことに。

三谷　領地争いはさすがに絵面が地味だから、カットしてしまいました。これも今思うともったいなかったかな。プロデューサーに「地図を見ながら4人が、ここは俺の土地だと延々と言い合うシーンが延々と続くのは、映画的ではない」と言われたのを覚えています。今なら、それでもおもしろく書けたような気もする。

――同じ物語であっても、いつ書くか、いつ撮るかによって違った中身になる。

三谷　特に時代ものはそうですね。できれば、映画版を観てから、領地配分で揉める小説版を読んでもらうと、より楽しめるかも。

――俳優さんにもリアルさを求めましたか。

三谷　僕のこだわりで、後世に残ってる肖像画に似せたメイクをお願いしました。小日向文世さんには、丹羽長秀になるべく似たメイクをし、似たイメージの着物を着てもらうとか。

――女性の役も歯のお歯黒などリアルでしたね。

三谷　鈴木京香さん（お市）はじめそうしていただきました。若手の剛力彩芽さん（松姫）も。

おっさん率の異様に高い映画になるのはわかっていたから、剛力さんには絶対に出てもらいたかった。初めてお会いした時に、眉毛潰して白塗りしたお歯黒の顔がパッと浮かんだんです。ラストの松姫の長ゼリフ。カメラがだんだん寄っていき、ニヤリと笑うところ、あのイメージが湧いた。剛力さんもよくやってくれたと思いました。あそこ、怖かったですもん。

――会議の方向性を操ったのは自分のある行動だったと松姫が告白する重要なシーン。私も剛力彩芽さんにゾッとさせられましたよ。松姫が三法師を川に連れていくシーンが鍵になっている（その経緯はＤＶＤや配信で映画を観ていただきたい）。

三谷　余談ですが、そのシーンで三法師を連れてきた侍女を演じられた方は、黒澤和子さんとおっしゃって、黒澤明監督のお嬢さんです。映画衣装の第一人者で『清須会議』もお願いしました。武将一人ひとりのイメージカラーから考えてくださいました。映画初出演らしいです。

秀吉は多指症だったという説があって、肖像画の中にもよく見ると指の数が多いものがある。だから今回の秀吉は、いつも手にスポーツ選手がつけるサポーターみたいな布を巻いているんです。一度だけ妻の寧《ねね》の前でそれを外すシーンがあって、その時は特殊メイクさんにお願いして、指を増やしてもらいました。よく観ないとわからないけど。ディープな歴史ファンはわかってくれたと思います。

――『清須会議』の影響なのか、2010年代からコメディ時代劇の映画が増えましたよね。

三谷　『清須会議』は当時、確か時代劇映画の興収ベスト10に入っていたと思うんだけど、最近はコメディ時代劇も増えたし、今はどうか分かりませんね。でも時代劇のコメディがブームになったのは嬉しいです。僕もまた作りたいし。

■『清須会議』から、大河ドラマ『真田丸』（16年）、『鎌倉殿の13人』（22年）のヒットへと繋がる。10年間で時代劇映画の作・監督を1本と大河ドラマ2本を執筆したことにもなった。

◆ドラマ『おやじの背中』のおかげで見つかったこと

■3章のこの先は、子供の誕生とがんの手術という「人生のターニングポイント」が50代前半に相次いで訪れたことについて触れています。プライベートな出来事がいかに創作に関わっているかがわかると思います。

――『真田丸』の章で、前立腺がんの手術のことに触れましたが、そのあたりをお聞きしたい。

三谷 鈴木おさむさんが、どこかでおっしゃっていたんですけど、伊丹十三さんが映画を撮り始めたのが50歳、糸井重里さんが『ほぼ日』を始められたのも50ちょい過ぎなんですって。それもあって、鈴木さんも50歳を過ぎた時に新しいことを始めようと決意して、放送作家をやめたらしい。それを知った時、じゃあ僕の50歳代初めは何をやっていたのか、と振り返ってみた。

『清須会議』を作った時が52歳。他に何か変わったことがあったかというと、僕の場合は、子供が生まれたこと。それから、がんの手術。ある意味、人生観が大きく変わりましたからね。

まさか50代で父親になるとは思っていなかったし、前立腺がんを患った時は、早期発見だったので死の恐怖はさほどなかったけど、それでもがんはがんですから。それ以来、健康には気をつけるようになったし、それまでの自分とは大きく変わりました。

――その経緯にはドラマ『おやじの背中』が深く関わっていたようですね。

■「日曜劇場」（TBS）枠にて岡田惠和、坂元裕二、倉本聰、鎌田敏夫、木皿泉、橋部敦子、山田太一、池端俊策、井上由美子ら10名の脚本家が手掛けた一話完結のオムニバスドラマ『おやじの背中』（2014年）。三谷さんの脚本は第10話目でサブタイトルは「北別府さん、どうぞ」。

三谷　そうそうたる脚本家たちの中に入れてもらえて、しかもスケジュールの関係で最終回を担当させてもらった。TBSでドラマを書くのは初めてだし、第一線のライターさんの中に交ぜてもらえて嬉しかった。だって本来僕なんかそこに並ぶ人間じゃないから。他の作家さんとは比べ物にならないくらい、作品数が少ないですから。

僕が考えたストーリーは、いつかコメディとして作れないかとずっと温めていたもの。小学生の息子を持つお父さんの話で、父子家庭なんです。お父さんは売れない俳優ですが、そのことを息子には隠している。息子は父親の仕事を知らないんです。ある時、お父さんにがんが見つかる。放射線治療で病院に通うようになるんだけど、その病院に、たまたま息子が小学校の滑り台から落ちて運ばれて来るんです。で、父と子が病院の廊下でバッタリ遭遇。息子から「お父さん、なんでここにいるの？」と聞かれ、お父さんは「俺はここで働いているんだ。お前には黙っていたけど、俺は医者なんだよ」と嘘をつく。

その瞬間から、お父さんは医者のふりをしなければならなくなるんです。僕の大好きなない、いりすましもの。このお父さんは病院関係者には患者として接し、息子の前では医者を演じる。そこから生まれるすれ違いのおもしろさ。しかも彼の病状は深刻。まさに悲喜劇の極限状態なんです。

いつか舞台でできないかなと思っていたんだけど、この時の企画が「父と子の話」だったので、そうか、これでいこうと。キャストも自分で選べるんで、市村正親さんにお願いしました。

ところがクランクイン前に、市村さんご自身に胃がんが見つかって降板。それで小林隆にお願いした。これがこばさんのドラマ初主演です。

書く前にプロデューサーの方に、この設定に相応しい病気は何かをリサーチしてもらったら、前立腺がんではどうかと言われ、早速、慈恵医大泌尿器科の頴川晋さんを紹介していただいたんです。

何度か先生と話しているうちに、僕自身は検査をしているのか、という話になり、「人間ドックには行っていて、実は前立腺がんを調べるPSA（前立腺特異抗原）という血液検査の数値が通常より少し高いんだけど、何年も変わらないので放ってあるんです」と伝えたら、何か引っかかるものがあったらしく、生検（組織検査）を勧められ、細胞を取ってみたら、がんが見つかった。

『おやじの背中』のオファーが僕のところに来なければ、前立腺がん専門の穎川先生とお会いすることもなかった。だからすごくラッキー。

手術で前立腺を全摘して、子供を作ることはできなくなった。その時、息子は2歳で、何か運命的なものを感じました。

——整理しますと、子供が生まれる↓『おやじの背中』のオファーがあり主人公が前立腺がんを患う設定にする↓紹介された取材先の医師から勧められ検査すると主人公と同じ前立腺がん発覚↓初期の発見もあって手術は成功するが子供が作れない身体になる。これが約2年の間に起きたたと。

この時系列が一つでもズレていたら、今とは違う人生になっている。大河ドラマの父子を描く脚本の中身も変わっているんじゃないですか。

三谷　そうなんです。すごく不思議ですね。

——手術と『真田丸』がシンクロしていたとか。

三谷　『真田丸』の執筆中に手術したのが16年の年明け。嬉しかったのは、手術の翌日に担当の看護師さんが「他の病室から『真田丸』のテーマ曲が流れてきましたよ」と教えてくれたこと。

だから『おやじの背中』というドラマを書いた50代前半、正確には53歳の時が大きなターニングポイント。自分で決めたわけじゃないけど、自然とそうなった。

◎第1章にあるように1週間で退院し、即座に大河ドラマの執筆再開。そして映画監督作は次章へと続く。

第4章

コメディ映画の課題と大ヒット『ギャラクシー街道』『記憶にございません!』

「僕の好きなものを映画にしたら
何をやってもみなさん観てくれるんだ」
というちょっとした驕《おご》りが生まれたんだと思う。

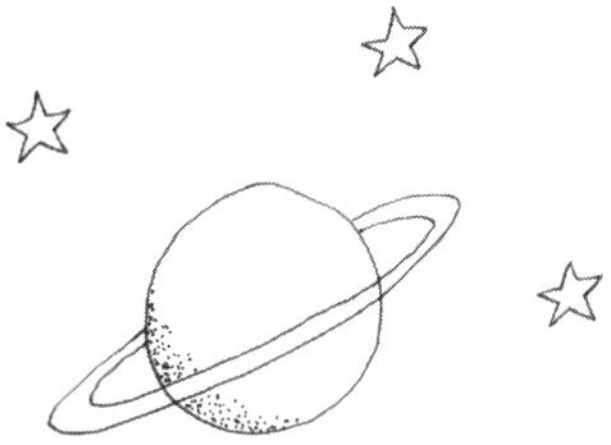

◆『ギャラクシー街道』(2015年) 最初の発想は宇宙での男女の実験

――今回のインタビューにのぞむ数日前、三谷さんから《『ギャラクシー街道』の反省も話したい》との要望がありました。私もぜひ聞きたい。

三谷 もちろん、自分の作った作品はみんな大好きだけど、『ギャラクシー街道』には苦い思い出があります。不思議なんですが、うまくいかない時って何一つうまくいかないんです。今となってはいい経験ですが。

■脚本、監督を通じて初のSFに挑戦した本作。時は西暦2265年。舞台は宇宙のギャラクシー街道沿いに浮かぶハンバーガーショップ『サンドサンドバーガー・コスモ店』。店にあらゆるキャラの宇宙人が入れ替わり立ち替わり来店する群像劇のシチュエーションコメディだ。

三谷 『清須会議』を撮った時、自分の好きな歴史ものをやらせていただき、今振り返るともちろん完璧ではないにせよ、あの段階では納得のいく作品に仕上げることができて、お客さんも入ってくれました。そこで「僕の好きなものを映画にしたら何をやってもみなさん観てくれるんだ」というちょっとした驕《おご》りが生まれたんだと思う。「次にやりたいのはSFだ」と短絡的に考えてしまって。

——当時の私は、次回作の映画がSFと知り、驚きました。予告映像を観て《『宇宙家族ジェットソン』のイメージですか?》とメールで尋ねたところ、《それと『宇宙家族ロビンソン』》とのことでした。(1)

三谷 最初は少人数での宇宙ステーションを舞台にした物語を考えたんです。男性二人と女性一人しか出てこない。宇宙ステーションに男女3人だけで長期間生活をする。そこになぜか恋愛禁止のルールがあってという、当初はそんな話でした。広い宇宙で3人がポツンといるシチュエーションが画的にもおもしろいし、これでプロットを練っていました。キャスティングも進めていたんだけど、三人しか出てこないから、少なくとも1ヵ月は丸々スケジュールを押さえたかった。でもそれが叶わず、結局この設定は頓挫しました。今でももったいないと思っています。悔やまれます。

そして宇宙を舞台にした群像劇として、あらためて物語を作り直したわけです。

1 『宇宙家族ジェットソン』60年代から製作された、スペース・アパートに住む家族の米国コメディアニメ。『宇宙家族ロビンソン』60年代製作の宇宙移民した家族の米国ドラマ。

［ギャラクシーのキャラクターたち］

◆一つのストーリーに沿って登場人物が動くのではなく、地球人、宇宙人のそれぞれがバラバラに動く群像劇なので、あらすじではなくて個性的なキャラクター陣を紹介します。

ノア（**香取慎吾**）『サンドサンドバーガー・コスモ店』店主の地球人。店は経営不振な状態で、地球に戻ろうと考えている。ノエの浮気を疑っているが、自分は元恋人のレイに未練がある。

ノエ（**綾瀬はるか**）ノアの妻。ともにバーガー店で働く。外見に特殊な個性のない数少ないキャラ。

レイ（**優香**）ノアの元恋人。カーリーヘアのようなデカくて色鮮やかなカラフルな頭。

ババサヒブ（**梶原善**）レイの夫。耳が大きいが、ベロも異様に長い。

メンデス（**遠藤憲一**）宇宙人のリフォーム業者。ノエに惚れている。両性具有。

ズズ（**西川貴教**）カエル型宇宙人。身体中が粘液でベタベタしている。

ハナ（**大竹しのぶ**）バーガー店のパートタイマー。仕事でパニックになると放電する。

ハトヤ（**小栗旬**）警備隊の隊員だが、実は正義の味方キャプテン・ソックス。

トチヤマ（**阿南健治**）警備隊隊長で、ハトヤとマンモの上司。

マンモ（**秋元才加**）警備隊員で、トチヤマの婚約者。実はハトヤが好きだった。

イルマ（田村梨果）　コールガール。色気がすごい。
ゼット（山本耕史）　イルマと組んでいる客引き。
堂本博士（西田敏行）　白髪の博士。実はコンピューター。ノアが事あるごとに相談する相手。
　セクシャルな役柄や三角関係が多く、下ネタ的なシーンも目立った異色のＳＦコメディ。

◆少しずつズレていく映画制作

三谷　今度は、僕のスケジュールと撮影監督の山本英夫さんのスケジュールの合う日程がなかなかなくて、僕としてはもっともっと脚本を練る時間が欲しかったのですが、そうもいかなくなった。けっこうハードスケジュールだから、「今回はやめましょう」とプロデューサーに提案したんですが、諸事情あって結局やることになった。でもね、やはり準備期間が短いままに撮影に入るのは良くないです。大反省。これがまず最初のミスでした。
　次にキャスティング。香取さんと綾瀬はるかさんは決まったけど、こんなにキャスティングで難航する作品も珍しかった。もちろん僕の中では、最終的に決まったキャストがベストキャストだという思いはあるので、後悔はしていないのですが、決まるまでに二転三転しました。スケジュールの都合でNGになったケースもあれば、台本を読んで内容的なことで断ってきた人もいた。

――セクシーな、というかはっきり言えば性的な笑いが目立つ内容でしたからね。

三谷　確かに、攻めの姿勢ではありましたからね。これが第二のミス。そして三つ目は、とあるメーカーに劇中で名称を使わせていただける許可を頂いた。SFなんだけど非常に日常的な商品が出てくるおもしろさを狙ったんですが、クランクイン直前に断られてしまった。現場レベルではOKだったんだけど、上層部がホンを読んで、これはダメだとなったのかも。これだって言ってみれば、僕の驕り。自分の作品なら当然OKしてくれるだろうと簡単に考えていた。現場スタッフは大騒ぎですよ。新たにオリジナルで小道具や大道具を造らなくてはならないんですから。

――撮影直前にセットなどの造り直しになったわけですか！

三谷　申し訳ないことをしました。こんな感じで、やることなすこと、すべてがうまくいかないことってあるんです。

◆初めてのネット上の批判

三谷　それでもなんとかクランクイン。撮影はつつがなく進み、その時は斬新でおもしろい映画が作れたと思っていた。おかしいなと思い始めたのは宣伝で情報番組に呼ばれた時。これまでのムードと全然違う。なんだかどこへ行っても困惑している雰囲気なんですよ。
　試写を観た人たちが口では「おもしろかったですよ」と言ってくれるんだけど、まるで心がこもってない。そういうのってわかりますから。案の定、公開されると、初日だけはお客さんが入ったけど翌日からバッタリ。しかもネットでは批判の嵐。
　初めてネットの怖さを知りました。《あの映画は宇宙人を差別している》と、さんざん叩かれました。

――え?　宇宙人を!

三谷　バーガー店の店主ノアは、西川貴教さん演じるカエル型の宇宙人ズズが来ると、粘液で床をびしょびしょにされるから、露骨に嫌な顔をするんです。それがアウト。ノアは人種差別主義者であると、そしてそんな人間を主人公にした三谷自身も差別というものに対して鈍感すぎるのではないかと。確かにノアはカエル型宇宙人を毛嫌いしていて、それは差別に近い感情に繋がる。でもだからといって、そういう人物を登場させる作者にも差別意識があるわけではないんだけど。
　とはいえ、僕の自覚が足りなかったのは間違いないことだし、これからそういったことを描く時は、もっともっと慎重になると思う。

誤算だったのは、カエル型宇宙人の見た目は僕のイメージだともっとずっとカエルだったんです。カエルそのもの。でも演じた西川貴教さんに寄せて、ちょっと可愛らしいビジュアルにしちゃった。そしたらえらく哀愁が出て、よりかわいそうな感じになってしまった。

——時間がない中での作業では修正点をじっくり作り直せないでしょうね。

三谷　ストーリーに対する批判もありました。《新宿の歌舞伎町を舞台にやればいい話を、なんで宇宙でやるんだ》と。僕としてはこんなチマチマした話を、宇宙でやるからおもしろいと考えたんですが、演出の拙《つたな》さで表現しきれなかった。

ＳＦファンからも叩かれた。細かいディテールがむちゃくちゃだと。科学的にあり得ないことだらけだと。宇宙ステーションが停電している時に、なぜ自動ドアが開閉するのか、と。正直、そこの部分は僕はどうでもよかった。でも、その姿勢がいけなかったみたいです。ＳＦファンの、科学的な整合性に対する厳密さに、無頓着すぎました。

◆ワイルダーのエグさを表現したかった

三谷　僕の中では、意外かもしれないけど、これまでで一番ビリー・ワイルダー(1)を意識した映画だったんですよ。

——宇宙の設定とは関係なく、ストーリー展開のことですか？

三谷　ワイルダーの『ねぇ!キスしてよ』(64年)は、主人公が自分の奥さんを有名歌手に差し出す話だし、『アパートの鍵貸します』(60年)は、主人公の男が自分の部屋をラブホテル代わりに上司に使わせる話。結構際どいストーリーが多いんですよ、ワイルダーは。ああいう際どい話をさらっと描くのがうまい。その姿勢を踏襲してみたかったんだけど、僕の力足らずでした。

それから群像劇ということ。『THE有頂天ホテル』(06年)のように一つのシチュエーションにいろんな話が交錯し、登場人物同士が影響を与え合って一つの物語が紡がれていくパターンは、ちょっと自分の中で食傷気味だったこともあり、今回はあえて影響を与え合わない話にした。

同じ群像劇でも、それぞれが勝手に自分の人生を生きていて〝たまたまその時間に同じ場所にいただけ〟というふうに物語を組み立ててみた。その場所がたまたま宇宙ステーションだっただけで。でも《そこが物足りない》という人も多かった。

ワイルダー的な側面も含め、宇宙の中でのどこまでも人間臭い物語。結局は僕のさじ加減がうまくいかなかったんでしょうね。《こういうのが観たいんじゃないんだ》とさんざん言われました。

――三谷さんの狙いはわかりましたが《なぜ宇宙でやるんだ?》と、批判の着地点はそこに

1　1906~2002年。映画監督・脚本家・プロデューサー。記述作品の他『七年目の浮気』『サンセット大通り』など多数。

行き着く気もします。

三谷　宇宙の話なのに、明治時代の女衒《ぜげん》みたいなキャラが出てきて、かなり前時代的な「いい女の5ヵ条」をとくとくと語るおもしろさ。見事に受け入れられなかった。明るくて楽しい宇宙船の話を期待した家族連れが「なんだ？　この映画は」となってしまって。宇宙なのにコールガールが出てきたりして、これは観てられないと。

――遠藤憲一さんは両性具有で、惚れているノエに挨拶としておでこをくっつけるが、実はそれが性交の意味で、突然バニーガールのような網タイツ姿になるわ、産卵みたいに出産するわで。

三谷　宇宙ではなんでもありですから。エンケン（遠藤憲一）さんが綾瀬さんを口説くシーンは、撮影中も、そして今も僕は大好きなんだけど。

――まとめると、明るい家族のファンタジー宇宙ものを期待したお客さんは際どい内容にドキリとしてしまい、際どい大人の話が好きな人は「人間が地上を舞台にやればいい」と。どちらの客層もついていけなかった。西川さんのメイクの話も含め狙い通りにいかなかった少しのズレがどんどん広がっていった。

三谷　負のループってあるんです。でも映画自体には罪はない。スタッフやキャストにもない。すべては僕の責任です。

――私はこの本の前著でお話しいただいた『総理と呼ばないで』（97年）のように三谷さんの

狙いを演出家、キャストのみなさんが十全には理解しないまま制作されていったのかと思っていました。

三谷　『総理…』の時はそうでしたけど、今回は僕が監督だから、全責任が僕にある。すべてのシーン、すべてのカットに僕の思いが詰められているのは間違いない。

あの時は何かがおかしかった。僕が水彩画を描こうとしていたのに、手にしたのは油絵の道具。そして僕はそれに気づかずに絵を描いてしまった、そんなイメージです。「それって三谷さんが描きたい絵の具とは違うんじゃないですか?」と、アドバイスしてくれる人がいなかった。「三谷さんはきっとその絵の具でおもしろいものを描くんだろう」とみなさん思ってくださった。

――スタッフもキャストも「これでいいのか」と不安がよぎったとしても「三谷さんのことだからおもしろくなるんだろう」と思って、口にはしない。

三谷　信頼してくれてるんですよね。その信頼を裏切ることになってしまいました。

――私は映画館で観ましたが、お客さんの空気が時間ごとに微妙になった気がしました。〝このまま宇宙船の中で終わるのか……?〟と不安になるような。小栗旬さんがキャプテン・ソックスだったくだりからは世界観に馴染めて笑いも大きくなってきたのですが。

◆自分を救った「さんまさんからの言葉」

三谷　あの時は正直、すごく落ち込みました。あまりに落ち込んだから、明石家さんまさんにメールしたんですよ。さんまさんは、なにより信頼してる人。滅多なことではメールしないんですが、あの時期は自分の方向性がわからなくなり、とにかくさんまさんに聞いてほしかった。

《僕は、自分がおもしろいと思ったことと世間がおもしろいと思ったことが、今まではずっとイコールできたけど、いつかイコールじゃなくなる日が来るのがずっと怖かった。それがとうとう来てしまいました。僕はどうしたらいいでしょうか》と。

さんまさんからのメールは今も覚えてます。たった一行。

《おめでとう。やっとそこまで来たか》、そして歯の絵文字。でも、その言葉にすごく救われたんです。笑い飛ばしてくれたさんまさんに感謝。気持ちが楽になった。

以前、さんまさんがおっしゃっていたのは「俺だって毎日不安だよ。自分がおもしろいと思ったことを世間がおもしろいと思ってくれてるかどうか、祈る思いでいつもやってる」って。さんまさんでも、そういうことを考えてらっしゃるんだなあ、と感動したものです。

あの一行のメールで生き返った気がした。

『ギャラクシー街道』はその後、韓国のプチョン国際ファンタスティック映画祭で、すごく高い評価を頂いてびっくりした。ありがたかったですね。あの作品で僕は、コメディ映画を撮る難しさを改めて感じました。もう映画を撮らせてもらえないだろうな、とまで思いましたから。でも、幸い、またチャンスを貰えました。

◆『記憶にございません!』(2019年) 発想はシットコム

三谷 もう一度映画を撮るチャンスを頂いて、次はもう失敗は許されない。自分の好きなものを作るという気持ちは最低限に抑え、間口の広い、多くのお客さんが楽しめる映画をやろうと、まずそれを決めたんです。

■あらすじ解説の前に私(松野)が触れておきたいのは、前著『創作を語る』のインタビューでもあるように三谷さんは自身のヒットドラマの映画化は作らず、ヒット映画のパート2も制作しない。絶えず世界観の違うコメディ映画に挑戦しているということ。『ギャラクシー街道』から内容やスタイルをガラリと変えた4年後の本作は興行収入36億円を超えるヒットを記録。コメディで政治を批評的に描く日本映画が最近では珍し

かったこと。また、公開当時、国民の中に現実の政治への不満が高まっていたことも
ヒットに繋がった。

▼あらすじ

支持率2・3%の史上最悪のダメ総理大臣、黒田啓介（中井貴一）は、演説中に石投げが上手い職人（寺島進）の投石で頭を打ち、病院で目覚めると記憶喪失になっていた。自分の職業も家族の顔や名前も一切忘れると同時に、家庭をかえりみずに金と権力と愛人を保持していた悪徳総理から、心優しい普通のおじさんに変貌してしまったのだ。

ストーリーは、以下の流れで進む。

○記憶喪失を知るのは3人の秘書官（ディーン・フジオカ、小池栄子、迫田孝也）だけ。その3人にフォローされながら、周囲の政治家や家族にバレないように総理の実務を行う。その過程で記憶を取り戻そうとする。

○自分は総理大臣で国民に不人気らしいとわかり、過去の悪事をすべて謝罪し、政治の勉強を一からやり直し、国民に寄り添った仕事をし始める。

○米国との会談交渉もこなしクリーンで新しい総理になった黒田。対立している官房長官の鶴丸大悟（草刈正雄）は黒田が記憶喪失であると情報を摑み、政権を賭けた闘いに

発展していく。

――公開当時（2019年）は安倍政権への不満なり怒りを持っていた人たちが多かったこともあり、タイムリーな作品でした。

三谷　厳密にはそれが狙いではなかったんだけど、安倍政権に対しては、かなり辛辣な映画だったかもしれない。安倍さん、試写を観てくださったんですよ。宣伝部もよく観せたなあと思った。対談もさせてもらいました。

――オファーした関係者は勇気ありますね。

三谷　もともと安倍さんは映画ファンなんですよね。恐る恐る感想を聞いたら、「おもしろいねえ」と言ってくれたあとに「一つだけ気になることがあった」と。「何ですか？」と尋ねると冗談っぽく「それだけは言えない」と。

安倍さんとのツーショットの写真がネットに流れ、映画を観てない人からは《安倍政権寄りの三谷監督》と言われた。むしろ逆だと思うんだけど（笑）。ただ僕は、政府寄りでも反政府でもない、ただおもしろい映画を作ってみたかっただけ。

――90年代に連続ドラマでシットコム(1)を試みた『総理と呼ばないで』と同じく官邸が舞

1　「シチュエーション・コメディ」の略称。主に米英国で多く見られる30分のコメディドラマで、少ないシチュエーション（場面）で見せる形式が特徴。製作方法などは第6章参照。

台の中心です。

三谷　『SOAP』（米／77〜81年）というシットコムがあって、これはソープオペラ（1）のパロディなんです。僕は輸入ＤＶＤを今でも観返すくらい好き。二つの家族の話ですが、毎回メチャクチャな事件が起きる。

登場人物の中で、一番まともなのが執事のベンソン。人気が出てスピンオフの『ミスター・ベンソン』（79〜86年）が始まり、彼が州知事の家で働く設定。州知事はボケをかます役柄なので頭の切れるベンソンが家族の問題、州の問題を解決していく。高校時代に最初に観たんだったかな。

アメリカでどのくらい有名なドラマだったかはわかりませんけど、『総理と呼ばないで』のイメージは『ミスター・ベンソン』だったし、実は『記憶にございません！』も出発点はそこなんです。

それから影響を受けたのは、アメリカ映画の『デーヴ』（93年）。大統領のそっくりさんが本物と入れ替わる話。権力の中枢にいる人間を描いたコメディでこれ以上のものはないと思っていたけど、ある時、総理大臣が記憶を失えば、そっくりさんと入れ替わるのと同じくらい、いや、それ以上におもしろくなるんじゃないかって思った。

◆中井貴一さん扮する総理大臣のおもしろさ

——ヒットに繋がった要因の一つはタイトルを含めた、政界がテーマのコメディだったこと。

三谷　政治批判のつもりはまったくなかったです。それは僕の仕事ではないような気がして。〝もし自分が意識を失って、目覚めた時に一国の首相だったら?〟って考えたのが出発点。どう転んでもおもしろい展開になりそうじゃないですか。

——最初に総理大臣を主役と決め、政治家たちが汚職など不正を問われて「記憶にございません」とシラを切る国会で、総理だけ本気で「記憶にございません」と言っているという発想かと思っていました。

三谷　脚本の決定稿を作るギリギリの期日になってもまだタイトルが決まらず、政治家が都合の悪いことを問いただされた時の常套文句「記憶にございません」にようやく落ち着いた。一時的にせよ、本当に記憶を失くした人が「記憶にございません!」と答弁したらどうなるかなって。この映画はタイトルでかなり得したと思います。

——タイトルの重要さを感じさせる映画ですね。

1　メロドラマなど、主に感傷的なストーリーのラジオやテレビのドラマシリーズを指す。石鹸会社がスポンサーになっていたことから「ソープ・オペラ」と呼ばれるようになった。

三谷　総理を主役にした理由はもう一つあります。『創作を語る』で「靴を脱いでるとファンタジーにはならない」というお話をしましたが、僕の創作する作品にはスリッパを履いてる登場人物のイメージがどうしても持てなくて。例えば『古畑任三郎』でも部屋で現場検証している古畑がスリッパを履いているとどこかカッコ悪いじゃないですか。だから毎回、なるべく靴のまま入れるシチュエーションを探していたんです。

映画も『ラヂオの時間』(97年)の放送局や『THE有頂天ホテル』のホテルとか、靴のまま入れる場所にしていきました。

「あ、国会議事堂も靴のまま入れる」と思いついて(笑)。全員が革靴で歩き回れる場所。これはベストのシチュエーションだなと思いました。

――三谷さんはストーリーの創作においてはシチュエーションがかなり大きく影響するんですね。

三谷　書く時には、いつもいくつかのルートがあるんです。一つが先ほどお話しした「記憶を失くした総理」をやりたいという思い。しかも靴を履いて歩き回れる場所としての国会。

もう一つが、中井貴一さんでコメディを作りたいとずっと考えていたんです。中井さんは僕の映画にけっこう出ていただけているんだけど、『ステキな金縛り』では敵役の検事役でしたが、それ以外はゲスト出演みたいな形が多くて。いつか彼主演の映画を作りたくて。

ジョナサン・ラティマー(1)が脚本を書いた映画『大時計』というのがあって、最初はその映画化を中井さん主演で考えたんです。チャールズ・ロートン主演で映画化され、後にケヴィン・コスナー主演『追いつめられて』としてリメイクもされている。自分が犯人なのにその事件の捜査をしなきゃいけなくなった男の話。シリアスな映画なのに設定がおもしろいからコメディになると。

絶対中井さんに合っていると思ったんだけど、なかなか映画化権を取るのに時間がかかることがわかり、「じゃあ中井さん主演で何ができるか」と考え始めたら、別のアイデアとして考えていた記憶喪失ものと繋がったんです。

——息子の名前を覚えられなくて何度も間違えたり、右往左往する繊細なキャラクターがおもしろかったですね。中井貴一さん演じる総理は実は途中で記憶が戻っていた、とラストで明かされる。観返しても「ここで記憶が戻ったのか!」とはわからないのです。

三谷　お手伝いさん役の斉藤由貴さんからフライパンで殴られた時に。だからフライパンで殴られる前と後とではお芝居がちょっと違うんですよね。あと、自分を言う時の一人称も変わっています。

——ぜひ観返してほしい箇所です。

1　1906〜1983年。米国の推理作家。ビル・クレインという私立探偵が主人公のシリーズで知られる。

◆政治のリアルとアンリアル

――『ギャラクシー街道』では少しのズレが大きくなったというお話でしたが、逆に本作は総理大臣のやることとすべてがハマっていった。前半は記憶を失くしたことをマスコミや野党にバレないように右往左往する、後半は米国大統領などとの外交で右往左往。観客が「記憶喪失の総理がコレやるとおもしろいだろうな」と考えそうな方向に行ってくれた。

三谷　難しかったのが、どのレベルの記憶喪失なのかの設定でした。あの総理はゴルフのやり方も忘れているんですから。米国大統領とゴルフをやることになり、前日に練習しようと「クラブを振ってみてください」と言われて、カクテルをシェイクするみたいに振っちゃって。そんなことまで忘れちゃうのか？　という疑問はあるんですけど、そこはファンタジーだと割りきって作りました。基本、この作品はファンタジーですから。官邸の様子も実際とは全然違う。そしてこれは現実ではないという目配せとして、全員がガラケーの携帯を使ってるんです。この世界の携帯はガラケーで止まっているんです。

――総理のスキャンダルを売るタブロイド紙のフリーライター（佐藤浩市）とのやりとり、内閣を牛耳る官房長官との対立まで、まるで政界の内幕を生々しく描いているかのようなおもしろさがある。国会中継のシーンも野党議員が必死に問い詰めても、座ってる閣僚たちがニヤニヤしているところはコメディ映画なのに実際の国会の風景と大差ない。

三谷　政治の世界ではそれが常識かもしれないけど、僕らの感覚とはかけ離れているところもありますからね。全部が作り物みたいに見えるというか。だからコメディ映画なのに逆にリアルに見えたのかなとも思います。

――現実ではパネルを捲《めく》りながらフリップ芸みたいに話す人もいますからね。現実のほうがコメディみたいで。

三谷　そうか。そういう人も出したかった（笑）。

◆コメディを作るのが難しい時代

――評価は高かったですね。

三谷　でも当然、批判はありました。政治批判が甘すぎるとか。はなからそのつもりはなかったんだけど。あと、こんなのもあった。最後に息子が「お父さんのようになりたい」と語るシーン。父親に反発してきた息子がラストで「自分も総理大臣を目指す」と決意する。僕自身に息子が生まれ、父と子供の関係性がテーマになることが多くなりました。

それ以上でも以下でもない台詞なんだけど、《政治家の世襲制度の肯定だ》とか言う人がいた。

——違いますよ！（笑）あのシーンでは総理大臣は単なる仕掛けで、プロゴルファーでも職人さんでもよくて、職業に限らず「父親のようになりたい」という普遍性があるわけですから。

三谷　いろんな意見があるなあと。コメディを作るには難しい時代になってきたのかなとも思います。

——本作は何百万人も観てますから、そういう人も中にはいますよ。

三谷　僕は自分の名前でエゴサーチはしないけど、映画のタイトルではやることがある。どんな感想を持たれたか気になるから。予想外の角度から攻めてくる人もいてビックリするんです。「こういうことを言う人もいるんだな」くらいにとどめて、あまり影響をウケないようにはしてますけど。

——ネット上では予想外の批判のほうが声が大きいんですよね。

三谷　『情報7daysニュースキャスター』でもその話をしたんです。サイレントマジョリティーの反対でノイジーマイノリティー(1)という言葉があって、それを知って僕自身、救われました。そういうのって、声の大きな少数派なんじゃないかって。そこに気づいてから、あり得ない批判に一喜一憂することはなくなった。

——映画は常に監督との兼業。それは今後も続けますか？

三谷　できれば。僕は今でも本業は脚本家と考えてますが、映画はコメディ以外、作るつもりはない。だから、僕が演出したほうが笑いの「間」に関しては自分のイメージ通りに作れる。別の演出家が入るより、僕が直接俳優さんに「こういう間でやってほしい」と伝えたほうが、絶対に笑えるから。

◎常に新たなテーマに挑む三谷さんのこの10年余りの映画は戦国、SF、政界と続いた。さらに24年秋の新作、舞台的なコメディ映画での新たな手法についても語ってもらった（第8章参照）。

1　直訳すると「騒がしい少数派」。決して多数派ではないが、ウェブなどで声高に主張を繰り広げることで、しばしば実際の影響力以上に目立つ。

第5章

創作のルーツを探る
影響を受けた映画と
三谷版ポアロシリーズ

「コメディ・群像劇・限定されたシチュエーション」。

これが僕が好きな作品世界の3要素。

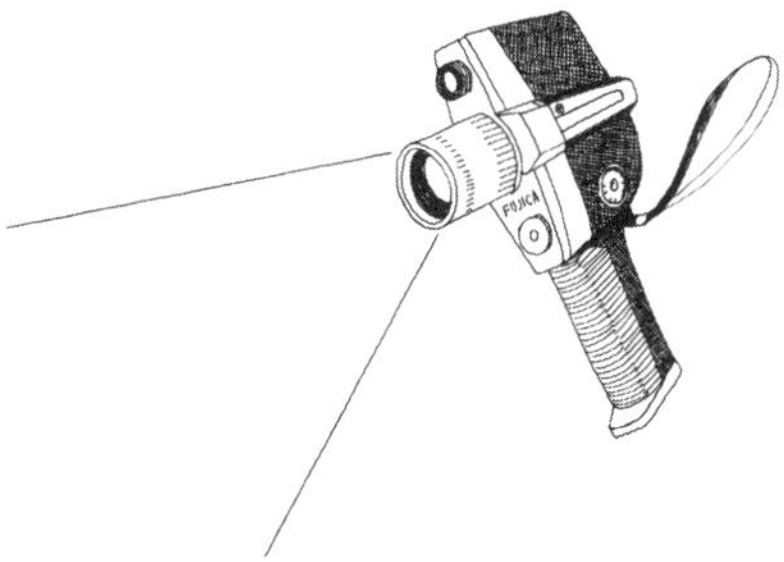

■このコーナーでは少年時代からさかのぼり、好きな映画の影響などを中心にお届けします。前著『創作を語る』と重なる箇所もありますが、三谷さんの創作ルーツにとって欠かせないお話なので詳しく記述しました。

◆脚本のルーツはフィギュアのひとり遊び

――初めて映画を好きになった時期の話を聞かせてください。

三谷　僕は東京生まれですが、2歳から4歳までは博多にいて、東京に戻ってからは世田谷で暮らしていたんです。子供の頃に観た映画やドラマは鮮明に覚えているけど、住んでいた間取りとか、家族と過ごした時間のことはあまり記憶にない。不思議なんですよね。

ひとりっ子で、テレビばかり観ていたテレビっ子で。5歳からアメリカ映画を観ていました。当時はだいたい毎日、夜9時台から洋画が放送されてましたからね。『月曜ロードショー』から『日曜洋画劇場』まで全曜日。当時から、ヨーロッパ映画はなんだか暗くて苦手。ハリウッド映画中心に観てましたね。

脚本と、それに演出もかな、僕のルーツはその頃のひとり遊びなんです。前著でも触れましたがリカちゃん人形の兵隊版ともいうべきGIジョーを10体、タミヤの35分の1のミリタリーミニチュアシリーズ兵隊フィギュアだと100体くらい持っていたと思います。親から甘やかされていたひとりっ子だったから何でも買ってもらえて。別に戦争が好きだったわけではなく、フィギュアといえば、兵隊しかなかったんです。

テレビで観たドラマや映画を人形たちを使って再現して遊んでいた。ブレイク・エドワーズの『グレートレース』(65年/米映画)だとか、アンリ・ジョルジュ・クルーゾーの『恐怖の報酬』(53年/仏映画)だとか。どこかからどこかへ移動する話が好きだった。それがだんだん自分で考えたオリジナルの物語に発展していく。兵隊フィギュアしかないので、どんな物語も兵士が演じるんですが。

大人になって小学校の同級生と会った時に「三谷は変なヤツだった」と言われた。何時間もひとり遊びに熱中していたから。当時の僕は自分が変わり者と思われていた自覚はなかった。ただただ楽しいことをやって毎日を過ごしていただけ。まあ、言ってみれば『トイ・ストーリー』(1)の世界ですね。あそこに出てくるアンディという少年。あれがまさに僕です。アンディよりもう少し裕福だったかもしれない。アンディにスネ夫の要素が多少加わっている感じです。

1　95年/米アニメ映画。少年アンディはオモチャと遊ぶのが大好き。しかしカウボーイ人形のウッディはじめ数々のオモチャたちは生きていて、人間がいない間は動いていた。シリーズとして続編映画もある。

◆撮影は好きな映画を真似て

――初めて脚本を書いたり、演出した時期はいつどこで？

三谷　初めて台本というものを目にしたのは小学6年生の時。当時、NHKの時代劇『天下御免』が大好きで、その続編『天下堂々』(1)も食い入るように観ていた。そこにスッポンの市兵衛という同心が出てくるんだけど、それを演じていらしたのが村上不二夫さんで、その方のお嬢さんがたまたま僕と同じクラスにいたんですよ。で、ご自宅にお邪魔して、村上さんにお会いした。その時に、『天下堂々』の台本をくださったんです。当時はガリ版刷りですよ。書いたのは早坂暁さん。それが台本を目にした最初です。

で、6年生の卒業記念の謝恩会で『国定忠治』という芝居を書いて上演した。なんで国定忠治かというと、『天下堂々』にも出てきたから。山谷初男さんが演じていました。けっこう盛り上がったんだけど、先生からは「なんで謝恩会でこんなものやるんだ！」と叱られた。なにしろ侠客《きょうかく》ですからね。小学生がやるような話じゃなかった。でもけっこううまく出来たと思う。笑いあり涙ありの股旅ものです。

初めて映画を撮ったのは中学時代。親からフジカシングル－8という8ミリカメラを買ってもらい、最初はフィギュアを使ってコマ落としの特撮みたいなものを作っていたんだけど、だんだん飽き足らなくなって、同級生を使って撮るようになった。前著でも触れた『おかしなおかしなおかしな世界』（63年／米映画）という大好きなコメディ映画のワンシーンを再現したりしてました。家で上映会もやったんだけど、声はないし、編集もできないので、たぶん何が何だかわからなかったと思う。

僕が刑事コロンボになりきって、犯人と対決するストーリーもやった。その時のコロンボは、どこかの刑事みたいに自転車に乗って現場に到着するんです。

高校に入ってから、編集機材を購入して、少しずつ本格的になっていく。当時からクリスティー原作の映画が好きだったので、『チンプルハウスの怪事件』というオールスターキャスト、といっても全員同級生ですが、本格ミステリー映画を作りました。「ぴあフィルムフェスティバル」に一度だけ応募したこともあるんです。落ちましたけど。当時、自主映画は20〜30分程度の映像作品がほとんどだったけど、僕が作った『あなたの隣の切り裂きジャック』は台詞だらけで1時間以上もあった。受かるはずがない。

その経験で「そうか、僕は映像表現が好きなわけじゃなくて、ストーリーと台詞が好きなんだ」と自覚するようになった。そこから徐々に台詞劇、舞台劇のほうに興味が行くことになります。

1　73〜74年、ＮＨＫ放送の時代劇。篠田三郎、石橋正次出演。

◆十二人の怒れる男

——ここからは三谷さんがこれまで観てきた映画について。好きな映画のことも聞きたいと、インタビュー前に私が申し出ましたが、快く引き受けてくれました。理由は何でしょう？

三谷　昔の映画のお話をしてくださる方、例えば和田誠さん(1)のような僕らより上の世代の人たちがいなくなっていくのが、すごく寂しいんです。

ホイチョイの馬場康夫さん(2)とも話したんですが、僕らが、馬場さんはちょっと上ですが、もっと昔の映画について語らなければ、かつての名作が忘却の彼方へ消え去ってしまうのではないかと。

20代前半の映画スタッフの中に、スピルバーグ(3)がピンと来ないスタッフがいたんです。名前は聞いたことあるけど、作品は観たことなかった。当然、ヒッチコック(4)もビリー・ワイルダーも知らない。これは由々しき問題だなと思った。もちろんみなさん、最近の映画は僕よりはるかに観ているし、特にアジア圏の映画は、僕はほとんど知らないけど、若いみなさんは相当詳しい。それは素晴らしいことだけど、古い映画のことも忘れないでほしい。

――私が20代の頃は自分が生まれるはるか前のチャップリンの映画のビデオを探したり、テレビで懐かしい映画があれば観てました。

三谷　僕の年代が語り部となって伝えていかないと、ヒッチコックやワイルダー作品が埋もれてしまう恐怖を感じています。

――もっとも好きな映画はいくつかあると思いますが、最初に影響を受けた映画といえば？

三谷　7歳の時に観た『十二人の怒れる男』。ませた子供と思われそうですが。

有罪か無罪かを決める十二人の陪審員の葛藤を描いたシリアスな映画なのに、子供の僕は爆笑してしまった。前著でもお話しした通り大の大人が自分のことでもないのに激論している様子がすごくおもしろくて。『十二人の怒れる男』のおかしさを増幅して、コメディに仕立て直したのが、劇団時代に作った『12人の優しい日本人』です。ちなみにアメリカ映画のほうは「十二人」だけど日本版は「12人」です。

タイトルに人数が入っている映画が好き。『オーシャンと11人の仲間』、『テキサスの五人の仲間』、それと『七人の侍』も。『鎌倉殿の13人』はとても僕っぽいタイトルだけど、あれ

1　1936～2019年。イラストレーター、グラフィックデザイナー。映画監督として『麻雀放浪記』『怪盗ルビイ』等多数。
2　著述家、実業家、ホイチョイ・プロダクションズ社長。映画監督として『私をスキーに連れてって』『彼女が水着にきがえたら』等。
3　スティーヴン・スピルバーグ。映画監督。『インディ・ジョーンズ』シリーズや『ジュラシック・パーク』、アカデミー作品賞受賞作『シンドラーのリスト』等多数。
4　アルフレッド・ヒッチコック。1899～1980年。英国出身の映画監督。アカデミー作品賞受賞作『レベッカ』他、『ダイヤルMを廻せ！』『裏窓』等多数。サスペンスの巨匠と呼ばれる。

はプロデューサーがつけてくださいました。

ストーリーとしては、複数人がチームを組み、戦いを挑んだり何かにチャレンジしたりする展開が好き。同じ場所で物語が進む設定も好き。つまり「コメディ・群像劇・限定されたシチュエーション」。これが僕が好きな作品世界の3要素。

と考えると、僕のベスト映画はやはり『十二人の怒れる男』になるのかな。

◆クラスメートを使って映画を真似た『大脱走』『サブウェイ・パニック』

――子供の頃に『大脱走』の真似事をしたとかなり以前に聞きました。『大脱走』も好きな映画の一本ですね。


三谷 『大脱走』はコメディではないけど、群像劇・限定されたシチュエーションではありますから、僕の好きな要素を満たしてます。

最初に観たのは高島忠夫さんがナビゲーターの『ゴールデン洋画劇場』。前編、後編と2週に分けて放送されました。

めちゃくちゃハマって、小学校の体育館の脇に穴を掘ったりして脱走気分を味わっていた。昼休みに同級生を校庭に集め、それぞれ役を割り振り、芝居を指示したりした。

脱走用のトンネルがドイツ兵にバレてしまい、絶望した捕虜の一人が衝動的に鉄条網を越えようとして、撃たれてしまう名場面。2週に分けて放送された前編の最後のシーンです。友達の一人に「あの金網まで走ってよじ登って途中で撃たれて死んでくれ」と頼んで再現開始。僕はもちろんスティーヴ・マックィーンの役を演じ、「撃つな！」とドイツ兵役の友人にタックルする。迫真の演技なんだけど、僕以外の友人は全員が『大脱走』を観ているわけではないから、ほとんどがポカンと見てるだけ（笑）。俺たちは何をやらされているんだって。それでも僕は満足だった。

真似といえば、中学に入ると『サブウェイ・パニック』（74年）の再現もしてました。

――『サブウェイ・パニック』は私が初めて映画館で観た洋画。当時はパニック映画ブームで『ジャガーノート』、『タワーリング・インフェルノ』などが映画好きな子供に人気で。

三谷　『サブウェイ・パニック』と同時期のスピルバーグの『ジョーズ』と『スティング』という、当時僕の大好きな3本にロバート・ショウが出演していて「この先もこの人に付いて行こう」と思っていたけど、早くに亡くなってしまった。クリスティーの『白昼の悪魔』の映画化が決まったニュースが、「スクリーン」誌に載っていて、キャストにロバート・ショウの名前があったのを覚えています。ポアロ役だったのかな。観たかったな。実際は『地中海殺人事件』として映画になり、ポアロはピーター・ユスティノフが演じました。

YouTubeチャンネル『ホイチョイ的映画生活』でもお話ししたんですけど、『サブウェイ・パニック』はニューヨークの地下鉄をロバート・ショウ一味がジャックする話。列車に犯人たちが一駅ごとに乗り込んでくる。みんな帽子にメガネに髭を生やしてコートを着てる。一人、また一人と同じ格好の人間が増えていく様子が怖さを増幅していくんです。

それをどうしても真似たくて、中学生の友達3人と京王線を使ってやったんですよ。全員に帽子、メガネ、つけ髭、コートを着させて一人ずつを芦花公園駅、八幡山駅、明大前駅に待機させて。僕が最初に各駅停車に乗り、駅ごとに一人、また一人と同じ格好の中学生が乗ってくるという。で、何もせずに笹塚駅で降りる（笑）。

そして4人で下りの電車で帰りました。この時も、他の3人は肝心の映画を観てないから、どういうつもりで参加していたのか謎なんですが、少なくとも僕は楽しくて仕方なかった。

大学時代にはヒッチコックの『サイコ』（60年）のあの有名なシャワーシーンを再現しました。

ヒッチコックの研究本にシャワーシーンのカット割りが写真入りで説明してあって。「そうか、この通りに撮れば、あの恐怖シーンが再現できるかもしれない」とやってみることにした。

知人に役者の卵がいて、男だったんだけど、お願いしてジャネット・リーが演じた被害者役をやってもらったんです。それが今も役者として活躍中の松重豊です。お風呂場に立ってもらって、ワンカットずつ、『サイコ』とまったく同じアングルで撮っていった。出来たものを観たら、やっぱり怖かったんですよ。効果音がなくても十分恐怖を感じました。

——ヒッチコックのカット割り通りなら誰が撮っても怖くなるよう計算されている。

三谷 殺されるのが松重だから、別の意味の怖さもあって（笑）。

◆憧れのビリー・ワイルダーに会う

——監督ではワイルダー好きとして知られていますが、同じく幼少の頃にもう観ていたんですね。

三谷 子供の頃、ヨーロッパ映画はなんだか話がぼんやりしてるし、雰囲気が暗くて好きになれなかった。やはりハリウッドものが好きでした。

ある時、テレビで観ておもしろいと感じた映画はどれも同じ人が監督していると気づいたんです。『アパートの鍵貸します』も『あなただけ今晩は』も同じ監督が作っている！それがビリー・ワイルダー。それからワイルダーの作品は必ず観るようにしていました。

憧れのワイルダーと会える機会が、01年にありました。当時95歳のワイルダーに会いに行くという深夜番組の企画。取材嫌いで有名なワイルダーからどういうわけかOKが出て、インタビュアーを誰にするかということで、僕に白羽の矢が立った。タイトルも「三谷幸喜からビリー・ワイルダーへ」。

ロサンゼルスまで行ってきました。ワイルダーに会うことになっていた前日、スタッフと打ち合わせをするためにワイルダーの事務所に伺うと、なんとそこに偶然ワイルダー本人が。なんだかお怒りの様子で、「俺はもう1時間以上、ここで待っていた」と。「インタビューは明日、自宅に伺う予定になっていたはずです」とこわごわ説明すると、黙ってこっちを見つめて「知ってるよ」って。洒落なのか何なのか。

気難しいけど、ウィットに富んだ性格という、想像通りのワイルダーでした。

翌日のインタビューでは、シナリオを書く時のコツとか、いろいろためになる話を伺いました。なにしろ自分にとっては神様みたいな人だから、かなり緊張しました。あらかじめ送っていた『ラヂオの時間』のビデオを観てくれていて、「コメディがまだ死んでないことを再確認した」と誉めてくれたのは最高の喜び。でも、「俺は『Shall we ダンス?』(96年)のほうが好きだ」とも言っていた(笑)。違う監督の作品のことを言うかなあ。わざとそういうことを口にする性格なのかな。

その特番のあと、すぐに亡くなられてしまいました。

「暑いな」とワイルダーが窓を開けようとして、彼が取っ手の右側、僕が左側を持って一緒に窓を持ち上げました。あのビリー・ワイルダーと共同作業ができた。最高の思い出です。

◆SPドラマ『オリエント急行殺人事件』(2015年) 40年来の夢

■好きな名探偵ポアロのミステリーをリメイク。『オリエント急行殺人事件』はアガサ・クリスティーの小説でもっともヒットした映画化作品。1934年にイギリスで発表されたポアロシリーズ8作目の推理小説でストーリーを記述する必要もないほど有名な物語。オリエント急行に乗ったポアロ。吹雪で止まった列車の中で一人の男が殺された。ポアロは乗客一人ひとりから聞き取りをし、何の関係性もない人々から殺人の背景を繋ぎ合わせていく……。

——好きな映画『オリエント急行殺人事件』は単発ドラマとしてリメイクしました。

三谷 中学の頃に小説を読み、シドニー・ルメット監督の映画版を観て、完璧にイメージ通りだったんです! アルバート・フィニーのポアロも完璧。ロードショーで観て名画座でも何度も繰り返し観ました。

名画座ではビリー・ワイルダーの『フロント・ページ』とカップリングで上映されていて。『オリエント急行…』観て『フロント・ページ』観て、もう1回『オリエント急行…』観るみたいな。それくらいハマった。

――そこまで三谷少年を魅了した要因は何でしたか。

三谷　オールスターキャスト映画が好きで、これ以上ないオールスターキャスト。しかも全員が主役級と言ってもいい。まさにオールスターキャスト映画のナンバー・ワンですよ。凝り性だからパンフレットの出演者の写真を一人ずつ切り取り、全員のパスポートを作成しました。

――13人分の偽のパスポートを（笑）。

三谷　それくらい登場人物全員にまで興味が湧いていたんです。で、自作のパスポートを眺めているうちに「この人たちの汽車に乗り込む前の人生が知りたい」と思うようになった。それで自分なりにあの小説の、〝エピソード・ゼロ〟を勝手に妄想してみたんです。それが後年ドラマ化した時に、非常に役に立った。

――■昭和初期の日本の設定で、2夜連続で放送。前編は原作通りのストーリー、2夜目の後編は原作にはない、関係者たちの汽車に乗り込むまでのオリジナルストーリー。――

三谷　15年にスペシャルドラマで『オリエント急行…』をやろうということになった際に「ぜひ、二部構成でやりたい」と提案したんです。映画版の公開が74年で僕は13歳。40年の歳月を経てあの頃からの夢が叶った感じでした。

——前編は原作に忠実、後編は丸っきり創作という大胆な構成。

三谷 前編も日本に合わせるための脚色はしましたけど、どの映像化よりも原作通りのはずです。イギリスのクリスティー財団もとても喜んでくれました。

ちなみにポアロのスペシャルドラマの第2弾『黒井戸殺し』（原作「アクロイド殺し」）、第3弾『死との約束』（原作同タイトル）も限りなく原作通りになっています。アレンジするとクリスティーに失礼な気がして。どんな台詞も意味を持って書いているはずですから。

◆野村萬斎さんのポアロの明るさに救われた殺人

三谷 余談ですがデヴィッド・スーシェが主演したテレビ版（※『オリエント急行の殺人』2010年）はラストが違う。ポアロが犯人を逃がすかどうか、ものすごく苦悩するんです。それはそれでおもしろさはあるんですが、原作にはそんなふうには書かれていない。何度読み返しても書かれていない。新しい解釈なんだと思うけど、ちょっと釈然としなかった。テーマが変わってきちゃうじゃないかと。

日本版では、そんな悲痛な感じは微塵《みじん》もなく、野村萬斎さんの明るさもあって、とてもハッピーに終わってます。こっちのほうが原作に近いと思う。でもネット上では原作と違うと怒ってる人がけっこういた。原作と違うんじゃなくて、スーシェ版と違うんです。そこをわかってほしい。

――ポアロ役について教えてください。

三谷　最初に名探偵役を誰に演じていただくかと考えた時に、スタッフからは西田敏行さんの名前が挙がった。西田さんだとピーター・ユスティノフ（『ナイル殺人事件』（78年）などでポアロ役）っぽくはなると思いますけど、ちょっとリアルになりすぎる気がした。ポアロって非現実的な人だから。で、日本版ポアロの勝呂武尊《すぐろたける》もそうなりました。

――ポアロはキャラ化した独特の個性が目立ってますからね。

三谷　それで僕は野村萬斎さんがいいと思った。狂言の方だから、現代劇では異様に浮いて見える時がある。そこがいい。役名はエルキュール・ポアロのように「ロ」で終わる日本の苗字として勝呂になり、武尊は日本武尊《ヤマトタケル》のタケルから。エルキュールはヘラクレス（ギリシャ神話の英雄）のことなんです。「日本のヘラクレスって何か？」と考えてヤマトタケル。

3作とも勝呂役で出演いただきましたけど、正直言うとね、最初の『オリエント急行…』の時は少しやりすぎかなと思いました（笑）。実写のドラマに一人だけアニメの人物がいるみたいで。

――派手なキャラという印象でしたね。

三谷　読み合わせに立ち会った時は、いい塩梅《あんばい》と思ったんです。あとで完成品を観てびっくり。聞いた話では、最初に撮ったシーンでついやりすぎちゃって、あとに引けなくなったらしい（笑）。でもね、3作やってみたら、あれで正解だった気がする。確かにクセはあるけど、ポアロそのものがクセのある人だし。そもそも子供がモノマネしたくなるキャラって、それだけで成功だと思う。うちの息子もモノマネしますから。それって素晴らしいことです。

――『オリエント急行殺人事件』は内容自体は陰惨だから、ポアロが明るいほうがよかったのかもしれませんね。

三谷　クリスティー財団からは他にもドラマ化の許可をもらっている原作がいくつかあるんです。この先も続けていきたいシリーズです。

――好きな映画をリメイクして夢が叶った勝呂シリーズ&オリジナルのポアロシリーズはもちろん、この章で三谷さんが語った過去の名作を観てほしいですね。

第6章

本格シットコムへのトライ『誰かが、見ている』

僕以外に適任者がいなかったので、
(番組収録前の前説を)毎回やってましたよ。
そんなことまでする脚本家、珍しいと思う。

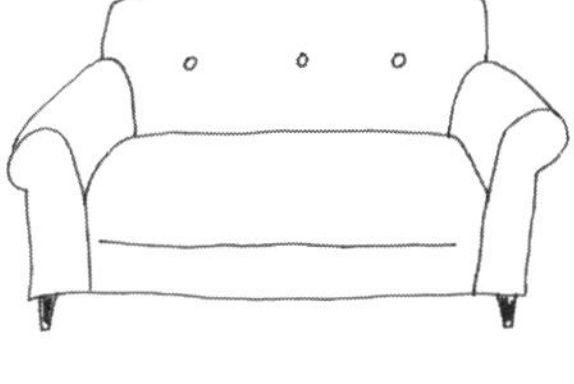

◆「香取慎吾さんとなら作りたいコメディ」とは

■２０２０年、Amazonプライム・ビデオの日本オリジナルドラマシリーズの第1弾として世界に配信された1話30分、全８話のシチュエーションコメディ（シットコム）ドラマ。脚本と、連続ドラマでありながら演出も担当。日本のオリジナル配信ドラマとして好評だったようだが、課題も残ったようだ。三谷流のシットコムの作り方について聞く。

――子供の頃からシットコムが好きだと言ってました。

三谷　テレビっ子でしたし、映画だけでなく60～70年代のアメリカのドラマはほぼ観てました。『奥さまは魔女』『ルーシー・ショー』『じゃじゃ馬億万長者』など30分のコメディが大好きで。当時はたくさん放送されていましたからね。

――私も大好きで、モノクロのシットコムから80年代以降の『フルハウス』『フレンズ』など山ほど観てきました。

――■シットコムはアメリカ、またはイギリスで主に制作され、お客さんを入れて30分ドラマを収録し、編集されたものをオンエアするジャンルを指す。希《まれ》にお客さんを入れずにロケも交えて撮影されるものもある。舞台のような本番一発で行う日本的な公開収録ではなく、シーンごとに区切って撮影し、NGのやり直しもあり、ドラマ撮影をお客さんが鑑賞しているような形。モノクロの時代は文字通りワンシチュエーション（ひと場面）のものが多かったが、時代とともにシチュエーションが増えた。セットチェンジの合間には観覧者を退屈させないサービスで生バンドの演奏がある場合も。

――Amazonプライム・ビデオでアメリカ的な本格的シットコムを作ろうとした経緯と、ストーリー作りの流れを教えてください。

三谷 『誰かが、見ている』は香取さんありきの企画でした。「香取慎吾さんでドラマを作らないか」という話があった時、「香取さんとならシットコムをやりたい」と即答した。以前、彼とは『HR《エイチアール》』（02～03年／フジテレビ）というシットコムをやっていて、日本で一番この形式が合っている役者さんだと僕は思っている。表情も豊かで、動きにキレがある。例えば何かにつまずいて転ぶとか、そういうのがとても上手い人。だからいつか、サイレント映画のバスター・キートンや、『Mr.ビーン』(1)みたいな、台詞に頼らないコメディを香取さんでやりたいと考えていたんです。

1　ローワン・アトキンソンがビーンを演じる英国のコメディ。90年代に放送。ほとんど喋らないビーンは世界的人気のキャラクターに。

いつもやっている会話劇ではなく〝台詞がない物語でどれだけおもしろいものが作れるか〟への自分なりの挑戦。それが香取さんとならできると思った。そこでまず、彼が演じる舎人真一というキャラが一人で部屋にいるシチュエーションを思い浮かべました。

◆「収録前の前説も僕がやってました」

——お客さんを入れての本格的なシットコムは『HR』以来2回目。笑い声をアフレコで入れていると誤解した方もいますが、笑い声は客席のお客さんの声でした。シットコムが知られていないからそう誤解された気もします。撮影現場は理想通りにいったんですか?

三谷　難しかったのは、シットコムという日本では馴染みの少ない形式のドラマを、僕以外のスタッフに伝えるところからスタートしなければならなかったこと。

もちろん僕が中心なんだけど、できればスタッフみんなの意見を吸収したいし、その上で見えてくるものがあるはず。僕と全スタッフの思いが一致していて、センスの合う人たちと切磋琢磨しながら作っていくというのがベストなんだけど、なかなかそうはいかない。台本作りを一緒にやった放送作家の川崎良さんと脚本家のガクカワサキさんは、笑いについてはよくわかった人たちだったから、すごく助かりましたが。

——でもアメリカで撮影するシットコム同様に、撮影の合間には生バンドの演奏を実現させたとか。

三谷　はい、そこは死守しました（笑）。お客さんを入れて撮るからには、退屈させてはいけない。撮影自体がエンタメになっていなくてはいけない。アメリカのシットコムもそうやって撮っているものが多いと聞いていたので、そこはどうしてもやりたかった。

あの当時は配信ドラマの先がけでした。テレビとは違うものを作ろうという意欲が現場に満ちていた。スタッフもドラマ畑の人よりも、CM関係が多かった。

――ドラマのスタッフじゃない人たちがアメリカ流のシットコムを制作したと？

三谷　これまで会ってきたドラマ関係のスタッフとは全然違っていました。CMを作っている人たちは、見た目もオシャレだし、オフィスも格好いいんです。これまでのテレビドラマとまったく違うものを、俺たちが作るんだという気概に溢れていた。わくわくしました。だから新しいものなら、なんでも採用された。生バンドに関してもそうです。番組の構成も、本編の前後にロケ中心のミニドラマが挟まれる珍しい構成なんだけど、そういった僕のアイデアをどんどん具現化してくれた。ありがたかったです。

ただ難しさもあった。今回は一発撮りに近い形でやったから、もちろんリハーサルはやるんだけど、本番で動きが変わる可能性もある。撮影はスポーツ中継みたいに臨機応変に撮らないといけないのだけど、皆さんそういった経験がないから、慣れてもらうのに時間がかかった。

――カメラマンの撮る角度によって視聴者の笑いのタイミングが変わっちゃうこともありますからね。

三谷　志村けんさんのコントの現場が羨ましかった。スタッフと演者の呼吸が完璧に合っていた。でもそれは何十年も一緒にやって初めて身につくものなのかもしれないですからね。

――シットコムを詳しくは知らないスタッフと本格的なシットコムを作ると、ワンマン的にならざるを得なかったのでは？

三谷　僕は本来ワンマンは苦手だし嫌いなんだけど、途中からはそういう感じになってしまいました。もちろん大勢のスタッフに支えられてのことで、一人じゃ何もできないんだけど、申し訳ないと思いつつ、いろいろ口出しをしました。前説も僕がやってましたから。

――三谷さんが？　バラエティー番組収録前にお客さんを温める前説を。

三谷　お客さんの前で一人で喋って、空気を温めてから撮影が始まるんです。撮影ごとにお客さんが替わるし、配信前だからまだ誰もドラマの設定を知らないので、前もって説明しないといけない。僕以外に適任者がいなかったので、毎回やってましたよ。そんなことまでする脚本家、珍しいと思う。

――いないと思いますよ（笑）。内容のお話に戻りますが、当初はビーンのように香取さん扮する舎人真一ひとりでの無言の動きのおもしろさを表現しようと。

三谷　出発点はそうでした。香取さんとも話し合ったんです。会話は最小限、しかもテレビではカットされるような長いシーンをあえてやろうと。第1話に、タンスの下の隙間に入ってしまったパソコンの1文字分のキーを取ろうとラジコンカーを使ったりして四苦八苦するシーンがあります。テレビだとあんなに無言が続くシーン（※約6分超）はまずやらせてもらえない。だってその間、まったく話は進まないんだもん。

しかもラジコンカーの先にガムテープを付けてタンスの下へリモコンで移動させ、テープに落ちていたキーを貼り付けて再びラジコンカーを後退させる。そんな難易度の高いシーンを、お客さんの前で一発撮りしようというんですから。でも奇跡的に成功しました。

やはり香取さんはすごいし、おもしろい。最初の発想の〝香取さんひとりで無言のままどれだけおもしろく作れるか〟に関しては、大成功だったと思います。

◆三谷式シットコムのおもしろさ

▼簡単あらすじ　前半エピソード1〜4話

［1話］　埼玉県和光市のマンションの一室に住む若者、舎人《とねり》真一（香取慎吾）はバイトはクビになるし部屋でも失敗ばかり。隣室の粕谷次郎（佐藤二朗）は前から空いていた部屋の穴から舎人の失敗を見るたび、笑いながらも舎人が気になっていた。大学生の

娘・あかね（山本千尋）はカレンダーで隠されたその穴に気づき、舎人の失敗を覗き見て、YouTubeで配信して広告収益を稼ごうと提案。父・次郎は止めるが……。

【2話】舎人はバイト先のペットショップから預かった蠅のようなエロエロダクチルスという種の希少生物を部屋で逃がしてしまい、大騒ぎ。その笑える様子を隣人のあかねは穴からスマホで撮影しようとする。次郎は舎人本人に言わずに撮影し配信することに葛藤する。

【3話】〈トンネルマン〉と名づけたあかねのYouTubeチャンネルが配信開始。舎人がバイト面接の練習をする様子を覗くと、「何卒よろしくお願いします」を「なにそつ」と言っている。面接に落ちると危惧した次郎は、舎人が注文した宅配ピザ屋の女性に変装して、隣室に宅配し、「これからもウルトラ・ピザをなにとぞよろしくお願いします！」と叫び、舎人に間違いを教える。

【4話】舎人は部屋に来たガールフレンド・そと子（宮澤エマ）のバッグから自分宛の手紙を盗んで読んでしまう。覗いた次郎は盗み読みがバレたらフラれると危惧し、二人がいないうちにまたもや部屋に侵入し、新たな封筒に手紙を入れてそと子のバッグに戻そうとする。次郎はあかねの反対を押し切り、覗き穴を塞いで二度と撮影も覗き見もしないと決めるが……。

三谷　僕なりにシットコムについて考えて、やはり通常のドラマとの一番の違いはあの「笑い声」だと思った。では「笑い声」とは何か。あれって「第三者の視点」なんですね。物語を客観的に見つめる視点。『ジ・オフィス』（01〜02年）というイギリスのシットコムがありますよね。アメリカでリメイクもされた。

——お客さんの前で収録するシットコムではありませんが、30分のコメディドラマ。シチュエーションとなる舞台は、とあるオフィスですが、撮り方が特殊なスタイルですよね。

三谷　一人のクセの強い支店長を、ドキュメンタリー番組の撮影クルーがずっと撮ってる設定。その映像を視聴者が観ているという構造だった。

——支店長がカメラを意識しながら日常を過ごす様子を視聴者は観る。説明だけではわかりにくいので興味ある方はぜひ観てほしい。Amazonプライム・ビデオでは配信されています（24年8月現在）。

三谷　つまりこのカメラクルーの視点が、笑い声の代わりになって、あのドラマをシットコムにしているんです。

映画『ステキな金縛り』のスピンオフともいうべきスペシャルドラマ『ステキな隠し撮り〜完全無欠のコンシェルジュ』（11年／フジテレビ）もそういう意味でシットコムでした。ホテルのコンシェルジュ役の深津絵里さんを、タイトル通り隠し撮りした映像のみで、ドラマが出来ている。ここでは隠し撮りの目線が、第三者の視点になっている。

――視聴者、またはシットコムのスタジオで観覧してるお客さんは、部屋やオフィスなど人が生活している一つの場所を覗き見ている。この構造がシットコムそのものだと。

三谷　その進化系として『誰かが、見ている』があるんです。

――『ジ・オフィス』と『ステキな隠し撮り』と『誰かが、見ている』には、日常を〝撮っている〟〝隠れて撮っている〟〝隠れて見ている〟という似た関係性がありますね。その構造を具現化してストーリーに当て込んだ形にしたわけですか。

三谷　『誰かが、見ている』では、隣の部屋の佐藤二朗さん一家はお客さんの立場です。覗き穴から見える香取さんの生活そのものがシットコム。そしてその二つの部屋を、スタジオのお客さんと視聴者がさらに覗き見しているという、二重の構造になっているんです。

――隣の佐藤二朗さんの部屋は〝シットコムを観ているお客さん、または視聴者〟という構図で、そのメタファーが覗き穴ということなんですかね。なかなか難しい。私は『ジ・オフィス』が好きなこともあり、わかりますが。

三谷　観ている間、視聴者はそんな複雑な設定であることはまったく感じないと思う。うまくいったエピソードも、そうでないものもあるけれど、シットコム好きの僕としては、楽しい仕事でした。

――そういう狙いとはいえ、ストーリーが進むにつれ香取さんの動きのおもしろさから佐藤二朗さんのお節介な慌てぶりも加わり、後半は、いわゆる「すれ違い」の笑いになっていきますね。

三谷　そうなんです。笑いのタイプが少しずつ変化していった。もちろん基本は香取さん演じる舎人くんの言動から生まれる笑いなんだけど、徐々に彼を取り巻く人間たちの関係性の笑いへとシフトチェンジしていった。香取さんの個人芸から、「突拍子もない主人公が中心にいて、周囲がそれに巻き込まれる」、いわゆるスクリューボールコメディに移行します。一番好きなエピソードは5話目の、レッツ大納言が舎人を訪ねる話。

▼簡単あらすじつづき　後半エピソード5〜8話

［5話］　大歌手のレッツ大納言（稲垣吾郎）はスタッフから見せられたトンネルマン動画の笑いに救われたことをブログで紹介し、それがきっかけでトンネルマンのYouTube動画はブレイクし累計900万回を超える再生回数に。レッツは電器屋さんの変装をして舎人に会うため部屋に入るが、舎人はテレビ修理の人と信じてレッツと気づかない。動画の収益が数百万円入ることに次郎は「こんなことで金を受け取っていいのか」と悩むが、あかねからコメント欄の《元気が出ました》《生きる希望が湧いた》などの書き込みを見せられて、撮影を続ける。

［6話］　舎人の母・尚美（夏樹マリ）が訪ねてきて、舎人に実家に戻ってほしいと懇

願。配信が終わることに困った次郎は尚美を部屋に呼びトンネルマンのことを「世界中の人が笑顔になってる」と打ち明けると、尚美は「今後、収益の50％は頂きます」と連れ戻すのをあっさり諦め、YouTubeでの配信を了承。

［7話］　尚美はマネージャーのようにYouTube配信に全面協力するが、あかねが舎人に嘘をついて愛を告白してそと子と三角関係になったり、あかねの母・佳子（長野里美）がトンネルマンのファンで隣の舎人を訪ねたりと両方の部屋で入り乱れているうちに、そと子がトンネルマンの存在に気づいてしまう。

［8話］　そと子に言われてトンネルマンが自分と知った舎人は次郎からすべての経緯を聞かされ驚くが、「世界中の人が観ているんでしょ？　もったいない。やりましょう！」と継続を承諾。ヤラセ的な隠し撮りが始まる。しかし舎人は「僕にはお芝居はできない……」と涙ながらに終了を提案。次郎は「もうこの穴は必要ない」と配信を終わらせ、穴を塞ぐ。

◆視聴者だけが見ている（知っている）おもしろさ

三谷　5話では、舎人は変装したレッツ大納言のことを、テレビを修理に来た電器屋さんと信じて疑わない。大納言のほうは、舎人が自分の正体を見抜いていて、わざとふざけてると思い込んでいる。要はすれ違いのやりとりなんですが、香取さんと稲垣さんのあうんの呼吸もあって、かなりおもしろく出来た。そもそも稲垣さんがほぼ自分自身に近いキャラで出てくるのがアメリカのシットコムっぽいし、彼の温度の低い芝居と、レギュラー陣の熱演の間で、笑いの化学反応が起きた。

——〝知ってる・知らない〟〝バレた・まだバレてない〟という人間関係が入り乱れるドタバタ感が回を追うごとにエスカレートする。例えば次郎の奥さんは舎人のYouTubeのファンだが動画を夫と娘が撮影してるとは知らないとか。知ってる者と知らない者のやりとり。

三谷　こういう笑いって、やはりシットコムに合っている。通常のドラマでもできないことはないけど、なんだろうなあ、視聴者だけが知っているおもしろさっていうのかな、シットコムだとそれが出しやすいんですよね。

シリーズの最初の数本は、物語の骨格をきちんと伝えるために、舎人のキャラクター中心の作りにして、それを隣の粕谷一家が見ているという構図。それが徐々に舎人が隣の部屋に来たり、逆に次郎が舎人の部屋に侵入したりと、物語の幅を広げていった。でも大事なのはさっき言った「視聴者だけが知っている」という視点なんです。それがある限り、『誰かが、見ている』はシットコムであり続ける。

ちょっと計算外だったのは、最初のエピソードを見た視聴者から、「社会に適応するのが苦手な人間で笑いを取ろうとしていて不愉快だ」という意見が寄せられたこと。そんなつもりはまったくなかったんですが。

——バイトをクビになり続ける男で、部屋でもヘマをするキャラクターですけどね。

三谷　確かに1話、2話では、ほぼ部屋の中にいて、会話する相手がいないから、彼はほとんど喋らない。あれってモデルは僕自身なんです。家に一人でいる時の自分そのもの。それが見ようによっては社会に適応できない人に映るんだなって。

——後半、大人数が出るようになると舎人はすごい喋ってますよ。周りがすれ違いの芝居でボケを演じ始めてからは。

三谷　香取さんも演じながら「いつの間にかけっこう喋ってますね」と言ってました（笑）。批判的に見る人からすれば、『誰かが、見ている』って「社会不適合者の生活を覗き見して楽しむ家族の話」なわけで、非常にアンモラルなドラマです。確かに僕もいろんな意味でデリカシーが足りなかったかもしれない。あれから数年が経ち、時代の感覚もどんどん変わってきたのを身に染みて感じています。今の僕が作ったら、もっと誤解を与えないような作りになっているかもしれませんね。

——トータルで観ると、ストーリーが進まない一話完結のシットコムとは違い、8話通してストーリーが進む。8話分を一本の映画のように捉えると実はいい物語なんです。

覗き穴に気づいた隣人が舎人のおもしろさを伝えようと隠し撮りして配信しますが、稼ぎたい気持ちと良心の狭間で揺れながらも失敗続きの舎人を助けたりして応援し、ラストは覗き穴に蓋をして彼の成長を見守ろうと思う。舎人という若者の成長物語に加え、隣家の父と娘も動画を撮ることをやめて成長したんです。

三谷　それは非常に正しい見方です。

最終回のラストは原点である香取さんの一人芝居に戻り、筋肉をほぐすマグネットを身体に貼って電流を流すシーンにしました。ここも台詞に頼らず、どれだけおもしろくできるか、スタジオで香取さんと頭を悩ませました。

舎人が電流で身体を震わせる時、もちろん本当に電流が通っているわけではなく、香取さんの演技なんだけど、現場にある小道具をいろいろ手に持ってみて、このシチュエーションで一番おもしろいことって何か、試行錯誤しました。最終的には仏様からおりんを持ってきて、震える手でチンチンチンと。最後までアンモラルなドラマ。

香取さんはとにかく動きの笑いのセンスが抜群。おりんを思いついたのは僕だけど、彼がそれを最大級に膨らませて、爆笑シーンになった。あんなことが瞬時にできる人はそうはいない。志村けんさんの跡を継げるのは、絶対に香取さん。

――なるほど。志村さんと重ねて舎人の役を考えると香取さんが部屋で無言でいろいろ失敗する設定もすんなり受け入れられた方は増えたかもしれません。

三谷　だから香取さんとはまたコメディが作りたいです。『誰かが、見ている』も好きだけど、次は僕と彼で日本のコメディの代表作を作りたいな。

第7章

分岐点の舞台二作
笑いのない歴史ミュージカルと、
笑いのみのコメディ

舞台稽古の時は、
極力演出家席から離れないようにしている。
裏側を見ちゃうと、どれだけスタッフやキャストが
大変な思いをしているか、わかっちゃう。

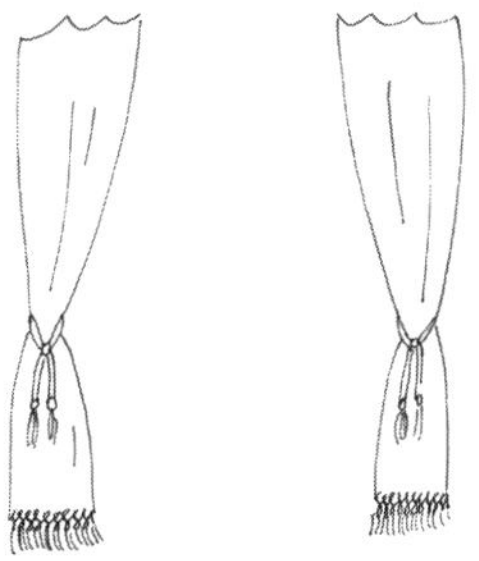

◆『日本の歴史』（2021年再演）　僕にしかできないミュージカル

■ここまで映画、ドラマと映像作品を取り上げてきました。インタビュー前に三谷さんより《やはり僕のホームグラウンドである舞台の話もしたいです。この10年ではミュージカル『日本の歴史』が僕にとっては大きいです》との連絡がありましたので、第7章では、三谷さんの分岐点にもなった2作について。ご覧になってない方にもわかるように語ってもらいました。

――2021年に再演されたミュージカル『日本の歴史』は生配信されました。制作の経緯からお願いします。

三谷　ミュージカルは昔から大好きで、以前『オケピ！』（2000年初演）や香取慎吾さんの『TALK LIKE SINGING』（09年初演）や川平慈英さんとシルビア・グラブさんの『ショーガール』のシリーズ（14年初演）をやって、いつかまたやりたいとずっと思ってました。でも僕がやるからには、普通のミュージカルじゃつまらないので、どんなものがいいかずっと考えていたんです。

そんな時、シルビアさんがブロードウェイで観たミュージカルのお話をしてくれたんですよ。01年の9・11のアメリカ同時多発テロ事件の日、いろんな飛行機がニューヨークの飛行機場に行けず急遽様々な地域に着陸する羽目になり、カナダの小さな町に着陸した飛行機の乗客たちの話なんです。数日間をその地域の人たちと過ごさなきゃいけないというミュージカル『カムフロムアウェイ』。

「ミュージカルってそういう題材でもできるんだ！」と驚いて。僕の世代でミュージカルといえば『サウンド・オブ・ミュージック』（65年／米映画）みたいな感じ。いわゆるファミリー向けのイメージが強い。だから、そんな硬派な社会派ミュージカルがあるんだって、新鮮だった。

話は飛びますが『カムフロムアウェイ』は24年の今年、日本でも上演されました。思ったよりもはるかにエンターテイメントに昇華されていて、またびっくり。異文化交流の物語で多幸感溢れるミュージカル。やむなくこの町に着陸した人々と、家に泊めてあげる家族の話。最後に別れが惜しくなり「また来るから！」みたいな。なんだかとてもいい物語なんですよ。

シルビアさんからお話を聞いた時には「ミュージカルって何でもできるんだな」と思って。じゃあ普通ならミュージカルで決してやらない題材はなんだろうって考えた。僕にしかできない、思いつかないミュージカル。

それでたどり着いたのが、「卑弥呼から現代に近いところまで一気に見せるミュージカルはできないか」というもの。歴史ミュージカル。オムニバス形式で、いつか僕が書いてみたいと思っていた人物やエピソードをこの際、まとめて描いてみようと。在庫の棚卸しみたいな感じです。まだ『鎌倉殿の13人』の前で、源頼朝と義経の話も入ってます。

そしてそこにもう一つのアイデアを加えた。日本の歴史と、テキサスのある一家の開拓物語がリンクする構成です。

■簡単な構成　とあるテキサス一家の歴史／卑弥呼／テキサス一家の歴史／藤原氏／テキサス一家の歴史／平家……と入れ違いに見せる構成で、幕末／テキサス一家／明治／テキサス一家と時代設定が進む。中井貴一、香取慎吾、新納慎也、シルビア・グラブ、宮澤エマ、秋元才加、瀬戸康史（初演では川平慈英）の7人のキャストは合計60人超の人物を演じ、歌う。

三谷　テキサスに住み着いた家族の歴史をなぜ入れたかと言うと、アメリカ西部の歴史って、人類の歴史の典型なんですよ。「大事なもの」が最初は土地であったのが、やがて石油が湧いて工業の時代になり、そしてショービジネスへと移り変わっていく。それは多くの国にも当てはまる人間の営みの歴史で、もちろん日本にも当てはまる。そこで、日本の歴史とテキサスの一家の二重構造にしてみた。
舞台をずっと続けてきて初めての経験ですが、実は僕の書いたその台本には笑いが一切ないんです。もちろん最終的にはお客さんはたくさん笑ってくれたけど、それは台詞のおもしろさじゃなくて演出のおもしろさ。笑いのない台本を書くのが新鮮でしたし、僕にとっては異色の舞台。演劇の可能性を僕なりに模索した。舞台演出家として、とても大事な作品となりました。

でも最初に台本を読んだスタッフと俳優さんはみんな驚いてました。「これはおもしろいのか？」と（笑）。「どんな舞台になるのか想像できない」と。

――三谷さんが書いたと知らずに台本を読むと、三谷さんの台本とは思わないでしょうね。

三谷　シットコムのように一つの場所に限定されていないし、どんどん時代も話も変わっていくし、しかもコメディでもないから台本上はまったく僕らしくない。でも勝算はあったし、これは自分しか作れない舞台だろうなとずっと思っていた。

――やはり観ていただかないとわかりにくいので、DVD化や何かしらでの放送、配信を期待したい。なので、観たくなる特色として三つお聞きします。

◆60役もの歴史上人物を演じる舞台裏

――まず7人で60役もの人物を演じるおもしろさ。目まぐるしく役が変わっていく。早変わりの連続。

三谷　中井貴一さんが女帝を演じたり、宮澤エマさんが平清盛になる。そして清盛が一瞬にしてテキサスの農場の娘になるおもしろさ。テキサスのカウボーイの格好と鎌倉時代の武士の格好って、実は似てるんです。衣装の前田文子さんがそれに気づいて、そこからどんどん早替えのイメージが生まれた。シルビアさん演じる織田信長とテキサスのお母さんの服装もよくよく見たら、共通点が多いんですよ。普通はそんなこと考えないでしょ。

――信長は元々ハイカラな服装だったそうですからね（笑）。二つ目は、日本の歴史をクロニクルでワンシーンごとに描く形式をミュージカルで表現したこと。

三谷　僕の高校時代の歴史の先生いわく「歴史の勉強は年号を覚えることじゃない。年号は調べればわかること。〝何が起きて、どうなって、それが原因でどう変わっていったか〟という流れが大事」。その教えが頭にずっと残っていたので、歴史の〝流れ〟を見せたい気持ちが大きかったんです。だからクロニクル形式にして、それにはミュージカルというジャンルが不可欠。ストレートプレイだったら、2時間半に収まらない。台詞も説明的になる。

――劇中に何度も歌われる、メインテーマ曲の「ＩＮＧＡ（因果）」は、歴史は因果関係があるからこういうことが起き、こういう流れになっているという意味でした。大河ドラマの章にあるように、三谷さんの書かれた大河ドラマも戦になる経緯が描かれる。その時代に起きたことをその時代だけで考えても無理ですから。話はズレますが教科書より私は「まんが日本史」のほうが流れがわかりやすいと思います。

三谷　「まんが日本史」っていいんですよ。息子が読んでいるのを見せてもらって、びっくりした。いろんな出版社から出てるから玉石混淆ではあるんだけど、僕は集英社版がお気に入り。エピソードの選択もいいし、わかりやすいし、サクサク読めるから、時代を俯瞰で見ることができる。息子は僕の影響で歴史好きになったのはいいんだけど、たまに年号を質問されても、僕は答えられない（笑）。

——三谷さんの歴史の先生の話に繋がりますが、鎌倉幕府成立は〝いい国造ろう〟1192年と覚えても、今の教科書では1185年だったり。

三谷　何をもって鎌倉時代が始まったとするのか、解釈の問題ですよね。頼朝が征夷大将軍になった年なのか、幕府の政治体制が確立した年なのか。いいんですよ、別に。だいたいそのへんとわかっていれば。

——昔、坂本龍一さんが、シューベルトだったか、作曲家の生年月日を覚えても音楽と何の関係もないとか若者向けの番組で言ってましたし。

三谷　本当にそう思う。どうしても知りたければネットで検索すればいいこと。

——3つ目は細かいことですが、幕について。設定が20ヵ所くらい替わるから幕が重要ですが、上から下りてくる緞帳《どんちょう》タイプではなく、下手《しもて》と上手《かみて》から人がすごい速度でカーテンみたいな薄い幕を閉めてきてクロスし、通りすぎる。すると、衣装を早変わりした俳優が、幕がクロスする前のシーンとは違う役で立っている。目まぐるしい舞台変化や早変わりに欠かせない。これこそ観ないとわかりにくいのですが……。

三谷　あれはブレヒト幕というもの。劇作家で演出家のブレヒトという人が考案したというけど、諸説あります。もともとはシェイクスピアの時代に、電気が発明される前だから、舞台は照明がなくて、昼間の自然光を使っていた。だから暗転がない。舞台を暗くしてセットを替えたり、人物を出したりできない。そのためにあの幕は開発されたと言われています。あれがあると、いきなり人が舞台の中央に現れることもできるし、幕と一緒にいなくなることもできる。

——そんな古い時代からあの幕はあったんですか！

三谷　僕が初めてあの幕を観たのはデビッド・カッパーフィールドのマジックショーでした。オープニングで、幕の後ろからカッパーフィールドが突然現れる。僕の舞台はあまり場面転換がないのでほとんど使わないのですが、歌舞伎の『決闘！高田馬場』（06年初演）と『日本の歴史』では思いきりやらせてもらいました。すごいスピードで幕がクロスするので、俳優さんは着替えてから幕と同じ速度で走り、クロスした瞬間に別の役でポーズをとって、舞台上に出現する。役者にとってはかなりハードだとは思います。

——何役もこなして歌って踊るこの舞台には俳優さんのすごさを感じました。三谷さん流の、作・演出の立場と俳優さんとの関係はやはり映画とは違いますか。

三谷　僕は舞台稽古の時は、極力演出家席から離れないようにしている。裏側を見ちゃうと、どれだけスタッフやキャストが大変な思いをしているか、わかっちゃう。僕はみんなに嫌われたくないので「あんまり無理をさせないようにしよう」と考えてしまう可能性があって、だから裏は見ない。それくらいミュージカルの舞台裏は大変。

映画もそういうところはあって、予算を聞いてしまうと「このシーンはお金がかかるからやめようかな」となっちゃう。だから予算などの情報は一切知らされないようにして、おもしろいことを好きに考えて創作に専念するようにしてます。

——曲の作詞も三谷さんですか？　ミュージカルを作る進行を教えてください。

三谷　僕が作詞。一応「詞先」ですが、音楽の荻野清子さんとはもう何本も一緒にやっているので、ミュージカルの場合は、詞と曲はほぼ同時進行で作るんです。

ミュージカルは本番まで時間がかかるんですよ。普通のお芝居だと台本の読み合わせをした日から初日の本番までだいたい1ヵ月。ミュージカルはまず曲をすべて作ったら、個別の歌稽古がまず1ヵ月あります。

単純に普段のお芝居の倍は時間がかかります。でもミュージカルはぜひまた作りたい。映画でも舞台でも。新作映画の『スオミの話をしよう』にもミュージカルシーンを入れました（第8章参照）。

◆『オデッサ』(2024年初演) 最新舞台はひたすら笑いのみ

――映画や大河ドラマの印象が強い三谷さんですが、舞台での活動は相当多いですね。

三谷 僕の活動の中心は今も昔も舞台です。映画は時々撮らせていただける、ご褒美みたいなものですし、ドラマにいたっては、民放の連ドラはもう20年以上書いていない。

映画『ギャラクシー街道』で一度は潰れかけ、大河『真田丸』で再び返り咲いたみたいな言われ方をしたけど、それはあくまでマスコミや世間から見た「ストーリー」。実際は、『ギャラクシー～』の前も後もコンスタントに舞台をやっているし、僕にとってはそっちがメインストリート。

もちろん舞台だって成功も失敗もありますけど、自分の中で舞台が主戦場というスタンスは、今までのところ、微塵も変わっていない。僕はやっぱり本質は演劇の人なんだと思う。なぜなら、舞台がもっとも自分のやりたいことをベストの形でお客さんに届けることができるから。

――今年、24年1月には『オデッサ』がありました。同年5月にWOWOWで舞台がオンエア。

三谷 舞台としてのシットコムの自分なりの完成形が見えた気がした。話が合わない〝すれ違いもの〟としての舞台。

——20年のシットコム『誰かが、見ている』の章で、コメディはやはりすれ違いの笑いなのか、と話されてました。その4年後のシットコム舞台。設定のお話からお願いします。

三谷 テキサスで殺人事件が起き、捕まった容疑者が日本人のバックパッカー。英語がまったく話せない。日系2世の女性警部が取り調べるんですが彼女は逆に日本語がまったく話せない。なので通訳が間に入るという3人のシットコム。

バックパッカーは自分が犯人じゃないと言っておきながら、ある事情から「私がやりました」と嘘の証言をするんです。でも通訳は「彼はやってない」と信じているので嘘の通訳を警部に伝える。例えば「私がやりました」と聞かされても「彼は『やってません』と言ってます」と。そこから容疑者に話す日本語と警部に話す英語がズレていく、という展開。そのズレが時間とともにどんどん激しくなっていく。

■テキサスはオデッサの、とある酒場で行われる事情聴取というワンシチュエーション。英語が一切話せないバックパッカーの重要参考人に迫田孝也、日本語が話せない日系人の警部に宮澤エマ、通訳として派遣された青年に柿澤勇人。

警部が席を外した間に訪れたバックパッカーが偶然にも同じ鹿児島県出身と知り意気投合する通訳の青年は、バックパッカーが何の罪で拘留されたのかも知らず動揺する素

振りから犯人ではないと確信。取り調べが始まると、なぜか犯人を装うバックパッカーを、嘘やごまかしの通訳でかばう。英語と日本語が食い違っていると気づく女性警部……。英語の台詞には舞台セットの背後に翻訳の字幕が出る仕掛けで、3人の食い違いは意外な展開へ進み、真犯人がわかっていく……。

三谷　今まで舞台、映画、ドラマのすべてにおいて、コメディというジャンルを扱ってきたけど、最後にはどうしても人生訓みたいなものを入れないと、お客さんが満足してくれないんじゃないかという不安があった。だからお土産として最後にちょっとした感動を足してしまう。それがないと収まりが悪い気がしちゃうんですよね、どうしても。未熟だったんです、喜劇作家として。

『オデッサ』にはそれがない。何の人生訓もない。「ああおもしろかった！」だけで終わる。それでいてお客さんの反応を見たら、すごく満足してくださっていた。「そうか、これでよかったんだ！」と強く感じられたお芝居でした。綿密に構成して、綿密に演出して、上手な俳優さんがきちんと具現化すれば感動なんかなくても、みなさん満足してくれるんです。

綿密に、という部分を具体的に言うと、舞台上のスクリーンに字幕が出る仕掛けですね。お芝居の半分は英語の台詞になるので日本語の翻訳を出す。舞台で字幕を出す場合、上手と下手に縦に映すのが普通なんですけど、それだとお客さんの目線が字幕に片寄り、俳優さんから目を離すようになる。だから真ん中に、つまり喋る俳優さんに近いところに出るようにしました。ムーチョ村松さん率いる映像チームの渾身の字幕。

◆「言葉のすれ違い」を字幕で見せる方法

――スイッチャーの方の字幕を出す〝間〟というかタイミングがかなり重要でしたね。台詞とピタリ合ってましたから。

三谷　あれ、生でスイッチャーさんがボタンを押しているんです。台本を見ながら字幕を出すと間に合わないから、セリフも覚えてもらって。字幕を出す〝きっかけ〟が全部で850あるんです。全部のタイミングが重要で、タイミングにより笑いが減ったり増えたりしますから。それも出し方を工夫して大声の台詞は太文字で出たり、字幕が字幕を追い出したりと、普通はやらないことも試してみた。

――わざと英語をそのまま映してお客さんが訳を考えるクイズみたいな字幕があったり、アルファベットのしりとりとか企画ものの字幕もあり、工夫がたくさんありました。初日までに完成させるのは手間が大変だったでしょうね。

三谷　字幕を作成したあとも、稽古しながら字幕の文字数を削ったり増やしたり表現を変えたりしました。

――英語を喋る速度とお客さんが日本語字幕を読む速度を合わせないといけない。

三谷　そう。ピッタリ合わせないと気持ち悪い。日本語と英語は文章の成り立ちも違うから、英語を知ってる人が観て違和感を持たれちゃうのもイヤだった。

例えば日本語の「私が殺しました」という台詞のあとに英語で喋る「私は殺していない」の日本語を出す、一番ベストの文字数やタイミングを稽古で探りながら形にしていきました。大変だったけど、やっていておもしろかった。

長い字幕は、役者が英語の台詞を言い終わる前に、観客がその内容を目で理解してしまう。それだとよろしくないので、できるだけ一回に出る字幕の文字数を少なくして、一つのセリフをいくつかに分けて出してみたんです。すると今度は観客は字幕に目が行きすぎて芝居に集中できない。なるほどと思いましたよ。外国語の映画を観る時、僕らは知らず知らずのうちに、先に字幕を読んで台詞の意味を把握してから、落ち着いて役者の芝居を観ていたんです。そういうことも発見できました。

――確かに長い字幕はサッと字面を読んでから芝居を観ますものね。かなり試行錯誤したんですか。

三谷　とにかく誰もやってないことをやるわけで、初日まではすごく不安でした。初日、字幕でちゃんと爆笑が起きて。嬉しかったな。

――映画でも字幕のタイミングや文字数、言葉の配置順によりニュアンスが変わり、笑うタイミングを逸《のが》してしまうことも。前著で『ラヂオの時間』のドイツでの上映では字幕の出るタイミングが良くて爆笑が起きていたと言ってましたが。

三谷 すごく上手かったんですよ、翻訳と出すタイミングが。『酒と涙とジキルとハイド』（14年初演）を台湾で公演した時も、字幕が本当に上手くて、日本の劇場で笑いが起きるのと同じタイミングでみなさん笑ってました。字幕って本当に重要だなと。

――字幕が笑いを取るウエイトは大きい。喋りながら手振りする俳優の意図を字幕で知るみたいな。

三谷 まさに今回は4人目の登場人物です。しかも、台詞がない時に、誰かの心の声みたいに考えていることが字幕に出たりもする、〈こいつムカつく〉みたいな。

――そこは『アニー・ホール』（77年／米映画）でウディ・アレンとダイアン・キートンがテニスの帰りに部屋に寄り、会話をしながらも互いの心の声を字幕で出すというシーンみたいで。

三谷 そう。あんな感じ。この方向で別の芝居もできると思った。台詞は一切なくて、心情を字幕が表すとか。日本語の台詞に日本語の字幕を出すのもおもしろい。心の声みたいな形で。可能性を感じましたね。

――日本語と英語での〝すれ違い〟の形は、どう思いついたんですか？

三谷　僕の映画が海外で上映される時に、舞台上で僕が挨拶することがある。そういう時もなるべくジョークを言うようにしているんだけど、通訳する人に笑いのセンスがあると観客はちゃんと笑うんですよ。ところがセンスのない人が訳すとまったくウケない。カナダだったか。舞台挨拶の時、あまりにもウケがいいから、ちょっと疑心暗鬼になった。この通訳、僕の話したことと違うことを言ってるんじゃないか？　と（笑）。その体験がきっかけです。『オデッサ』がこんなに受け入れられるとは思いもしませんでした。ほんと、幕が開くまでは怖かった。同じ思いをしたことが前にもあって、劇団で『12人の優しい日本人』を初めて上演した時。それまでやっていた喜劇とまったく違うので、これが受け入れられるかどうかまったくわからなかった。それと同じ気持ちでした。

今回、1時間40分の3人芝居で満足度の高いものができた。綿密に字幕を作り、綿密に台詞と字幕のタイミングを合わせたり字幕で遊ぶことも含め、笑いだけでお客さんが満足してくれた。ようやくここにたどり着いた。これからの道筋が見えた気がしました。

――「笑いだけ」と言ってますが、犯人探しのミステリーで最後はどんでん返しもあり、女性警部と通訳青年の距離が縮むドラマもある。字幕と俳優とで笑いを取るのが大部分を占めていましたが。

私が素晴らしいアイデアと思ったのは、日本語が話せるバックパッカーと通訳青年の時はもちろん日本語で台詞を言いますが、英語が話せる警部と通訳青年が二人きりになると、英語で話しているという約束事で日本語で台詞を言い合うところ。洋画を字幕と吹き替えで見分けてるみたいな。舞台や舞台中継を観ていないとわかりにくいですが、これは三谷さんならではの意図があるアイデアですか？

三谷　これって、最初は映画でやろうと思っていた企画なんですよ。本来、映画向きのアイデアですから。それが舞台でやれたのは、英語と日本語が話せる宮澤エマさん、標準的な日本語と鹿児島弁が話せる迫田孝也さん、そして英語も鹿児島弁も猛特訓してくれた柿澤勇人さんという優れた3人の役者さんが揃ったからできたことです。

――それにしても現在のキャリアになってもまだ新たな手法を取り入れ、新たに気づくことも多々あるわけですね。

三谷　ネット記事だったか一般の方の書き込みか忘れましたけど《三谷幸喜はいまだに新しいことに挑戦してるのがいい》みたいに書いてあって、僕はそういうふうに言われるの、ちょっとイヤなんですよ。年齢的なことも含めて《もう新しいことをやらなくていいだろう》と思われてるわけですからね。僕はただ、いつだって新しいこと、おもしろいことをやろうとしているだけ。今回の字幕に関しても、通常のスライドで投影するのではなくて、LEDで舞台上の壁に直接出すという新技術がまずあって、それを使っていろいろ遊んでみたかっただけですからね。

――「もう新しいことをやらなくていい年齢やキャリア」という前提があって「それでも新

しいことをやっているのがいい」と言われているわけだから。

三谷　ありがたいけど、「まだ変わろうとしているのか」と言われてるみたいで。当然変わりますよ、やってみたいことは山ほどあるわけだし。模索は続きます。

――今の時代には落ち着く年齢はあってないようなもので、例えばクリント・イーストウッドは90歳を前に『運び屋』で主演と監督ですからね。

三谷　ウディ・アレンは少し失速してしまい、残念ですけど、イーストウッドは主演もやるのがすごい。監督だけなら90歳を過ぎても可能だと思うんです。

◆三谷的すれ違いコメディのルーツは「嘘つき」？

――三谷さんのすれ違いコメディのルーツは何ですか？

三谷　この手法って、レイ・クーニー（レイモンド・ジョージ・アルフレッド・クーニー／1932年〜）というイギリスの劇作家がたぶん最初に世間的に受け入れられたんじゃないかな。もちろんその前からあったとは思うんだけど。それに特化したのはクーニーが最初だと思う。

彼の台本は中心に嘘つきがいて、周りがその嘘に翻弄されていくパターン。劇団をやめた頃だったか、「加藤健一事務所」で観て「こんな作り方があるんだ！」と感動した。だって笑いの連鎖反応みたいなものが2時間近く持続するんです。すごいことですよ。で、自分でも書いてみたくなった。

レイ・クーニーの作品を何本か観ていくと、いつも主人公がイヤなヤツなことに気づいた。自分の保身のために嘘をつくタイプだから、感情移入がしづらい。笑える話なんだけど、主人公を応援したくならない（笑）。

そこで自分なら「応援したくなる嘘つきを書きたい」と思った。それで出来たのが舞台『君となら～Nobody Else But you』（95年初演）。斉藤由貴さん演じる主人公（再再演は竹内結子さん）はその場その場で嘘はつくけど、決して憎めない人にした。

そして今回の『オデッサ』の嘘つきの通訳はその発展型。彼の嘘は自分のためではない。事件とは何の関係もなく呼ばれたのに、容疑者のバックパッカーを救おうと、ひたすらがんばって嘘をつき続ける。その結果、警部と容疑者自身を混乱させていく。彼が嘘をつくたびに観客の好感度は上がっていく。クーニーとの違いはそこです。

――すれ違いコメディの「三谷式いい人バージョン」とでも言いたいですね。

三谷 僕がこの手のコメディを作り始めてから、お笑いの世界でコントのアンジャッシュさんが、コンパクトなすれ違いネタを始めた。アンジャッシュの渡部建さんと話したことがあるんですが、彼は僕の作品に「すごく影響を受けました」と言ってくれた。嬉しかったですね。ところが次第に僕の作品を観た人から「アンジャッシュのコントの長いやつみたいだ」という感想が聞こえるようになり。「非常に迷惑してます」と彼に言った記憶があります

（笑）。

――アンジャッシュのコントは主に児嶋一哉さんが渡部さんの台詞を間違った解釈で捉え、どんどん誤解が広がる作り方。そしてお客さんだけが互いのすれ違いを知っている。

三谷　彼らのコントを観ると、勉強になる。よく出来たものもあれば、そうでないものもある。難しいんですよ。「それは無理があるだろう」と観客に思わせる瞬間が一つでもあったら、台無し。それは僕の舞台でも同じ。展開に強引さが生まれると、全体のリアリティーを失う。選択肢がたくさんある中で、なぜその行動を選ぶのか、その部分に違和感があると、観る側が入り込めなくて笑えなくなってしまう。

――アンジャッシュの場合は嘘というよりは児嶋さんが勝手に勘違いするパターンがありますが、そうは勘違いしないだろうと思わせたらダメだし、勘違いしても、なぜその行動をとるのか説得力がないといけない。

三谷　そのリアリティーですね。センスが問われます。「どういうことですか？」と質問してしまえば誤解は解決しちゃうなら、質問できない設定も作らなきゃいけない。そこがうまくいくかどうかの境目。難しいジャンルだと思いますよ。それをあれだけ量産した渡部さんはすごい。

――シチュエーションにリアリティーがあれば、あとは自由に「すれ違いストーリー」が広がり、お客さんも入り込んで爆笑できる。

三谷　今回の『オデッサ』はそれがベストの方向に向かった気がする。渡部さんも観に来てくれましたよ。

第8章

最新作『スオミの話をしよう』の話をしよう

あんな芝居ができるのは、(長澤まさみさんと)、
あとはケイト・ブランシェットくらいじゃないですか。

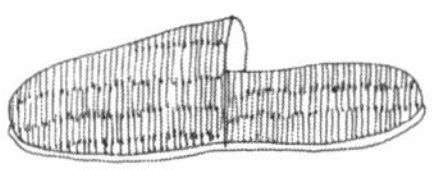

◆あえて作る舞台のような映画

■新作映画の公開に合わせて作られた本書。関係者向けの試写を観させてもらった私の、三谷監督への感想を一言で言うと「また新しい挑戦をやったのか！」です。本書をお読みになってからご覧になる方のために細かいネタバレは抑え、三谷さんから物語の設定、新作で得た新しい技術、劇作家として映画を撮り続ける理由までを語ってもらった。

——この10年余り、時代劇、SF、政界、今回の恋愛絡みのサスペンス。またも内容がかなり違うコメディ映画。今回は手法を含め、大胆な挑戦をしたと感じました。97年の監督デビューから27年が経ち、9作目ですから平均すると約3年に1本というペース。もっと本数があるような気もしました。最初に、監督業を振り返って今はどう思われますか。

三谷　過去に8本の映画を撮ってきて、だいたい言われるのが「これは映画じゃない、舞台でやればいいことだ」。「映画のカット割りがわかってない」「映画のリアリティーを知らない」とも言われますね。批評家にも言われる、ネットでもそういう意見が必ずある。

否定はしない。確かに僕はわかってないのかもしれない。でも、映画的なものとは何かとか、演劇的なものは何かということは、そもそも僕にはどうでもいい。要はおもしろいか、おもしろくないか、ということ。

だから映画がわかってないと言われようが、自分がおもしろいと思う映画を創作してきました。もちろんうまくいかない時もあるけど、それはまあ、みんなそうだと思う。なぜこのお話をしたかというと、今回の新作でやってみたかったのが〝自分の演劇に一番近い映画を作ること〟だから。

僕のコメディのルーツはやはりシットコムだと思うし、シットコムは演劇的で、舞台のおもしろさに近い。だから今回はそのシットコムのおもしろさを映画という映像にスライドさせたいと思ったんです。

『スオミの話をしよう』の脚本はそのまま舞台でも上演できるものだと思う。あえてそのつもりで書きました。今までで一番台詞量が多いような気がする。ずっと僕の映画に携わっているスタッフが「こんなに多い台詞を俳優さんは覚えられるのか？」と不安がっていた。大事なことがすべて台詞で表現されている。まったく映画的じゃないんですが、あえてやってみようと。

――今回のシチュエーションコメディの設定と、簡単なストーリーを教えてください。

三谷　シチュエーションは、あるお金持ちの豪邸のリビングルーム。黒澤明監督の『天国と地獄』(1)のイメージです。

――広くてあの時代ではかなりモダンなリビング。『天国と地獄』は身代金を渡しに行くまではリビングのシーンが続く演劇的な作り。『スオミ…』でも誘拐犯から電話が来る場所は、広いリビングだからか『天国と地獄』を想起しました。

三谷　あのリビングをイメージした大きなセットを造ってもらった。そこで全体の8割のドラマが展開する。ロケ中心のリアリティーある画作りで勝負している映画や、内容的にも現代日本の実情を暴くようなリアルな映画はたくさんある。そういった作品は他の監督さんにお任せして、僕は〝作り物〟の世界で勝負しようと考えた。今までもそうだったけど、今回は特に。リアリティなんて重要じゃなかった。このリビングではみんな、靴を履いたまま歩き回ってますから。なぜならそのほうが絵になるから。スリッパは見栄えが悪いから。豪華な映画にしたかったんです。でもセットをたくさん造るとそれだけお金もかかるので、今回は一点豪華主義にして、リビングのセットに予算の多くを注ぎ込んでもらいました。

ちなみにセットの場合、台詞以外の音は、ほとんどがあとで加えたものです。空調のノイズとか自然界の音とか、録音部さんが付けてくれました。今もほら、空調のフーという音がするじゃないですか。何も聞こえていないようでも、音はしている。これが大事なんです。

――それにより間が埋まったり、笑いに繫がることもありますからね。

三谷　ストーリーを話すと、豪邸に住んでいるのは詩人なんです。詩を書く人って、私生活がなかなか見えないじゃないですか。この詩人は、すごいお金持ちでファーストクラスにしか乗らないし、200万円以上する人間ドックに入る人で、そのことを隠して生きている。詩人が実は大金持ちで、リッチな生活してると世間にバレるとガッカリされちゃうんじゃないかって、不安を抱いている。

その詩人の奥さんのスオミが行方不明になり、誘拐された可能性が高いんだけど、警察沙汰にするとマスコミにバレるから、彼は、スオミの前の夫で警察に勤めている男を呼び、調査してもらうことにする。そうこうするうちにスオミの前の夫たちがどんどん豪邸に集まって来るという展開です。

途中、セスナ機から身代金を投下する展開もあるけど、大半はそのリビングが舞台。スオミと関係のあった5人の男が集まって誰がスオミを一番愛していたかを話し、回想する。5人が話すスオミの人物像は違うから、本当のスオミはどんな人間なのかがわからなくなる。

◆見せ場は長澤まさみさん演じる「五つの人物像」

■簡単な設定解説　人気の詩人・寒川しずお（坂東彌十郎）の豪邸で妻スオミ（長澤まさみ）の誘拐が起こる。内密の調査を頼まれた元夫の刑事・草野圭吾（西島秀俊）は豪邸で

1　63年／製靴会社常務（三船敏郎）の元に息子を誘拐したと電話が入る。誘拐犯（山崎努）は間違って住み込み運転手の息子を誘拐していたが計画通り身代金を要求。原作はエド・マクベイン『キングの身代金』。

お手伝いをする元夫・魚山大吉《ととやま》（遠藤憲一）や、草野の上司でもある元夫・宇賀神守（小林隆）、さらには人気ユーチューバーの元夫・十勝左衛門（松坂桃李）らと会い、各々が結婚していた頃のスオミのことを話しながら誘拐騒動の真相に近づいていく……。

――芥川龍之介の『藪の中』(1)のような、同じことを話してるのに食い違う展開がおもしろい。

三谷　同じ人間の話をしているのに、人によって見え方が違う。あとジョセフ・L・マンキーウィッツ監督『三人の妻への手紙』(2)のイメージもあります。

ストーリーや結末は映画を観てほしいんですが、これ、ネタバレになっちゃうんで言っていいかどうかいつも迷うんだけど、結局言ってしまうんですが、長澤まさみさん演じるスオミが、クライマックスでついに5人の前に現れる。そこが一番の見せ場です。

普通の暮らしでもよくあるじゃないですか、会社で見せていた顔と妻に見せていた顔が全然違うから、会社の人と妻が一緒にいると困るみたいなことが。

――本作ではそれがみんな結婚していた時期が違う夫。

三谷　5人の男たちが一堂に集まったところで、彼らを前にスオミがどう振る舞うか。そこが最大の見せ場ですね。

――そのアイデアから着想したんですか？

三谷　そうです。そのシーンをどうしても長澤さんに演じてほしかった。このシーンも稽古を重ねて、実際も長回しで撮りましたから、役者さんに相当の技術がないと成立しない。長澤さんは見事でした。編集でカットを繋いで見せることもできたけど、あえてそうしなかった。長澤さんならできると思ったから。彼女は完璧にやり遂げてくれました。撮影が終わったあとはぐったりされていたけど。

あんな芝居ができるのは、あとはケイト・ブランシェットくらいじゃないですか。

——あとでお聞きするミュージカルシーンも含め、長澤まさみさん以外の主役は考えられない映画だと思います。私見ですが長澤さんはシャーリー・マクレーンのような、三谷さんが好きなカラッとしたタイプにも見えます。

三谷　そうなんです。カラッとしてるんですよね。僕の好きなタイプの女優さん。どんなに深刻なシーンでも、彼女が演じると過剰にならない。もちろん情感もしっかり演じられる人なんだけど、決してウェットにならないんですよ。カラッとしている。じゃあベタッとしてる女優さんて誰かってことになるんだけど。

——あえて古い話ですが『おくさまは18歳』など、ラブコメで活躍した岡崎友紀さんは甘えた雰囲気でベタッと。現代のアメリカ映画だと、スカーレット・ヨハンソンや、今名前が出

1　平安時代を舞台に藪の中での殺人を巡り、目撃者や当事者らが証言していく構成。証言は矛盾し、真相がわからなくなる。
2　49年／米映画。3人の妻たちは遊覧船に乗る直前に、美くしい女からの手紙を受け取る。「あなたたちのご主人のうちの一人と駆け落ちします」と書いてあり、真相を確かめに行きたいが船は船着き場から出てしまった。自分の夫なのか考えるため3人が夫婦生活を回想する構成。

たケイト・ブランシェットも少し。

三谷　ヨハンソンは確かにベタッとしてます。ブランシェットのベタッとさは、むしろ心地いい。

◆編集で作れる「間《ま》」

――次に技術面について、今回得たことなどを。

三谷　去年の夏の終わりに撮影し、そのあとは舞台があったので半年空けて編集作業に入りました。それが良かった。通常はクランクアップしてすぐ編集に入りダビング作業するタイトなスケジュールなんですけど、今回は時間があった分、客観的に映像を観られた。

撮ってすぐ編集だと、撮影現場の記憶が生々しくて、切りにくいんです。自分の中で思い入れが強すぎてカットしないでほしいと思っちゃう。このロケシーン、暑いのに頑張ったなあとか、そんな邪念が編集の邪魔をする。でもね、半年経つと「あ、ここ、意外となくてもいいいや」って客観的に削ることができる。編集スタッフは「現場には行かない」と言いますものね。現場の大変さを見ちゃうと、シーンを削るのが申し訳ないと思ってしまうと。

しかも今回はいつもより編集時間が長くとれたので、結果的に理想の編集になった。それにより「映画はこういう手もあるんだ」と初めて知ったことも多々ありました。

例えば、長澤まさみさんと遠藤憲一さんが会話しているシーン。遠藤さんが背中をカメラに向けて台詞を喋っているカットがあって、遠藤さんの台詞を少しズラして、会話の間を埋めたりした。口が見えてなかったらそれが可能なんですよ。

――つまり遠藤さんの背中越しに長澤さんのこちら向きの姿が見えるカットで、遠藤さんは顔が映らない。

三谷　遠藤さんの台詞を次の長澤さんの台詞に近づけるように少しだけ後ろにズラすことで、より「間」がよくなり、さらに笑えるようになるんですよ。

舞台の場合は、理想の台詞のテンポや間を稽古で作り上げていくことができる。でも、本番で毎日同じようにそれを再現できる保証がないんです。失敗する時もある。映画の場合は、うまく完璧な芝居が撮れると未来永劫そのシーンはおもしろいものとして残る。ところが、うまくいかなかった場合は、それがずっと残ってしまう。

特に、長回しのシーンは編集ができないので直しようがないと思っていたんだけど、やりようによっては、微調整ができることが、わかった。

編集の松尾浩さんとは今回が初めてだったんだけど、僕がやけに台詞の間を気にするので、不思議に思われたかもしれない。とにかく理想の会話劇にしたかったんです。時間をかけた甲斐があって、満足いくものになった気はします。でも僕以外のスタッフには、どこがどう変わったのか理解できないところもあったかもしれない。だから早くお客さんを入れたところで試写が観たいんです。

——台詞を詰めていたとは気づきませんでした。ハリウッド映画はジャンル問わずそういう台詞の詰め方を多用していそうです。

三谷　それから効果音の使い方も、今回は工夫がたくさんある。例えば、台詞の言い始めがほんの少し遅いと、0・5秒くらいの間が生まれる。また間の話になっちゃうんだけど、そこにグラスの中の氷がコチンと鳴る音を入れたりするだけで〝死に間〟がなくなるんです。そういう細かいブラッシュアップが、ダビングの段階でいくらでもできることが、今回わかりました。

でも思いつくのが遅いから、スタッフには迷惑をおかけしました。時間があるといくらでも手直ししたくなっちゃうし。とにかくいい勉強になった。映画ってポストプロダクション次第でどうにでもなるんだって、ようやく気づいた。

——あとから手を加えるためにカット割りを細かくしておく手法がありますが、それは結局はカット割りの間でもありますね。

三谷　細かいカット割りはあまり好きじゃない。カットを割ってなくても、テンポは作れる。例えばさっきの遠藤さんの台詞を後ろにズラした箇所は、そのことで長澤さんがすごくいいタイミングで台詞を言う感じになる。遠藤さんの台詞に少し食いぎみに被《かぶ》せたり。

——食いぎみって、つまり遠藤さんの台詞のお尻から長澤さんが話し始めるように編集できるんですか？　二人の台詞が被る瞬間がありますが。

三谷　できるんですよ。各自にマイクがついているから。

――バンドがギターやボーカルごとで違うチャンネルに録音してあるからズラせるような。

三谷　本当にそう。僕が監督業をやってきて、一番進化したと思う機材は「音」だと思うんです。最初に映画を撮った27年前は、まだテープ録音でしたからね。今はマイクの性能も良いし、音に関しては僕の望みはすべて叶うくらいのレベルです。

編集の話で余談ですが、今回はピクチャー・ロックのあとにも何度もロックを解除して編集をし直させてもらいました。「ピクチャー・ロック」とは、これ以上は編集はできませんよという意味です。編集期限というか。ピクチャー・ロックされてから音入れなど次の作業に入るからピクチャー・ロックされない限りは先に進めないんです。

「今日がピクチャー・ロックです」と言われ、最後の編集を終えてスタッフで試写を観るんですが、今回の映画で「あ、ここはもっとこうしたほうがいい」と思いついてしまい、「すみません。ピクチャー・ロックを外していいですか」とお願いすることが何度もあった。そのたびにスタッフは「え？」となって、本当に申し訳ないことをしてしまいました。次の作業をするチームに時間的な皺寄せがいってしまうし。でも思いついてしまったものはしょうがない。

スタッフの方々も、監督が言うのならって、やらせてくれる。で、次に試写を観たら、また別のことを思いついて、またピクチャー・ロックを解除してもらって。

――それじゃピクチャー・ロックの意味がないのでは？（笑）。編集でシーンごとに観ていて何も思わなくても試写で全体の流れで観ると思いついてしまうと。

三谷　僕がまだ未熟なんでしょうが、映像のタイミングも、違和感に気づくのが遅いんです。『ザ・マジックアワー』（08年）に市川昆監督に出演いただき、その後に亡くなられたので、映画のラストに〝市川昆監督の思い出に捧げます〟みたいな文言をテロップで入れたんです。本編が終わり曲も終わり、そのテロップが出て、消えてからエンドロールが出る。そのタイミングが当時は絶妙と信じていたのに、今観るとちょっと消えるのが早いんだよなあ。

――15年以上も経っているのに今さら？　しかもエンドロール前の数秒！

三谷　でも絶対に早いんですよ。なんで当時は気づかなかったんだ！　と。こういうふうに後々に後悔したくないから、今回は気になった冒頭のタイトルが出るタイミングを再編集させてもらいました。

俳優さんのお芝居でも、撮影現場では「いいなあ」と思っても、それが映像になり、しかも試写で大きいスクリーンに映された時のベストのお芝居ではない、と。現場では気づけないんですよね。

――三谷さんほどの本数を監督してもそういうズレはあるわけですか。じゃあ撮影したらプレビューをいちいちデカいスクリーンで観ないとわからない（笑）。

三谷　理想はそうです。現場では撮影された映像を小さいモニターで観るんですが、できればあれをもっと大きなスクリーンで観たい。近いうちに可能になるんじゃないかな。スタジオ撮影なら、近くに試写室があるから、撮ったばかりの画を試写室に飛ばしてもらい、リアルタイムで観られる。僕は試写室にいるわけです。そこにお客さんもいてくれたら、撮影しながら、即、観客の反応もわかる。それが理想。

――ワンシーン撮影するごとモニター調査する（笑）。そんな監督はいませんよ！

三谷　他の監督はそんなことしなくても映画になった映像を想定して撮影にOKを出せるんだろうな。僕はいまだに経験値が足りない気がする。だからビリー・ワイルダーが、客席に笑いが起きるタイミングまでを計算して撮影していたというすごさを、今になってつくづく感じます。映画の中の「間」ってやっぱり難しい。他の監督さんの映画を観て、今の台詞、間が違うな、とかあまり思わないんだけど、自分の作品だと、出来たあとに映画館で観て、反省することが多々ある。なんでかなあ。でも今回は理想に近づけた気がする――かなり。

――間が違うと、おもしろい脚本でいい演技でも単純に間延びしてつまらなくなる要因になりますからね。

◆次作に目指すミュージカル　ハリウッドとの違い

三谷　今回はラストに本格的なミュージカルシーンを入れました。MGM(1)のミュージカル風に、豪華なセットで全員で歌い踊るんですが、映像作品のミュージカルはなかなか手ごわいですね。日本映画としては破格の豪華さだとは思うんですけど、ハリウッド製のミュージカル映画に匹敵するものをいつか作ってみたい。

――ラストで華やかな電飾のセット前で長澤さんが歌い、5人の男たちが紹介的に一人ずつ目立つ構成。長身の長澤さんのドレス姿と歌唱パフォーマンスが魅力的ですが、エンディングのわずか数分に集約して作っても『ムーラン・ルージュ』(01年／米映画)や『シカゴ』(02年／米映画)のようなスケールには届かないと。

三谷　音楽の荻野清子さんが頑張ってくれて、相当ゴージャスなシーンにはなっていると思う。長澤さんの歌も素敵だし。男たちのバックダンサーもおもしろい。ミュージカルに縁のないエンケンさんや西島さんや彌十郎さん、松坂桃李さんたちが真顔で踊ってますからね。いつか本格的なミュージカル映画をやりたいと考えていて、足掛かりとして今回やってみたというのもあります。

――セットの予算が違うだけではなく、様々な違いがありそうですね。

三谷　日本にもミュージカル的なシーンを入れた映画は、植木等さんの「無責任シリーズ」(2)の時代からあるんですけど、だいたいはあらかじめ録音された歌を流して、それに合わせて歌う方式。そのほうが音的にはクオリティが高くなるんだけど、問題は歌の躍動感が減ってしまうこと。手法としては口パクと一緒ですから。

　どうして向こうのミュージカルはそう見えないんだろうとずっと不思議だった。どうやらハリウッドでは、まず歌を録音する。次にその曲を流して歌う。そこまでは同じなんだけど、その後に撮影された映像を観ながらもう一度歌を録音するらしいんです。つまり歌を2度録る。

　なるほどと思った。最初にスタジオで歌入れする時は、演者はどんな場所でどんな衣装でどんな動きで歌ってるかよくわかってない。だから気持ちが今一つ入らない。でも撮影したあとで映像を観ながら歌えば、感情も入りやすいし、表現力が全然違う。

――日本式だと歌と歌っている映像の気持ちが一致してないけど、映像を観ながら再度歌を録音すると身体の動きと気持ちまで一致すると。嬉しくてジャンプしながら歌うシーンもあるでしょうし。

三谷　だから今回の映画では、時間も手間もかかったけど、ハリウッド式に歌は2回録りま

1　米国の巨大エンターテインメント企業。主に映画の制作・配給で知られる。老舗の映画スタジオの一つ。
2　ハナ肇とクレイジー・キャッツが出演の62年の映画『ニッポン無責任時代』『ニッポン無責任野郎』。青島幸男作詞の「スーダラ節」「ハイそれまでョ」などが劇中歌として町中や部屋で歌われる。

した。長澤さんはその間に、歌の特訓もして、すごく上手になっていた。やはりやって良かったです。日本のミュージカルシーンとしては、いい仕上がりになったと思う。

——植木等さんのミュージカルシーンなど、日本ではカメラが一方向から撮っていて切り返しはあまりないようで。ハリウッドのミュージカルシーンはカメラワークがすごいし、切り返しや踊る足元だけの0・2秒くらいの細かいカットをふんだんに入れますものね。

三谷　最近の作品は特にそうですね。『雨に唄えば』といったMGM全盛の頃のミュージカルは、あまりカットは割らない。『スオミ…』はそういう意味ではMGM的。植木等的といってもいいかもしれない（笑）。

世界に誇れる日本産のミュージカル映画ってまだないような気がする。だからいつか撮りたいんですよ。でも歌稽古、ダンス稽古、撮影まで入れたらスターの俳優さんを少なくとも半年は押さえなきゃできませんからね。

——アクション映画ですがアメリカだとキアヌ・リーブスを射撃練習だけに半年とか押さえるそうだから、結局はギャラの規模の話になってしまう。

ミュージカルを撮る時は、長澤さんに主役をお願いしますか？

三谷　ぜひお願いしたいです。1年ぐらい稽古が必要だけど、やってくれるかな。

——先ほど「ロケ中心のリアリティーある画作りの映画、内容的にも現代日本の実情を暴くようなリアルな映画は他の監督さんにお任せして、自分は〝作り物〟の世界で勝負したい」

との話がありました。「三谷幸喜は役者の魅力を引き出すのがうまい」とよく言われてきました。二つは関連がある気がします。例えば海岸ロケでスクリーンのほとんどが海と浜辺で埋まり、人物が小さく映るシーンで台詞を言う映画と比べ、『スオミ…』の一室のセットで台詞のやりとりを見せたり、極力カットを割らずに撮る手法は俳優さんの技量が大きく発揮される。魅力を引き出すことにより完成する映画なのだと、最新映画を観て、かつ三谷さんのお話を聞き、思いました。

最後に、〝作り物〟にこだわる今後の映画創作について今思うことを教えてください。

三谷　やっぱり俳優ありきなんですよね。役者の魅力を作品に残すことくらいしか、僕にはできない。最近になって小津安二郎の映画を観るようになったんだけど、あれほど技巧的だとは思わなかった。もうびっくりです。ああいう発想は僕にはないから、もう愚直なまでに、役者と向かい合うしかない。そのためのホンを書き、リハーサルを重ねる。長回しを多用するのも、それが役者の芝居が一番生きると思っているから。心象風景とかまったく興味がない。僕の映画は、役者を観る映画だと自分では思ってます。

最終章

この先の
三谷幸喜について

スタッフに頭ばかり下げている「腰の低い監督」って
30、40代ならギリギリ許せるけど、
60代だとちょっと変じゃないですか。

◆亡くなられた俳優さんへ

■インタビュー前に私（松野）から、俳優さんのお話もお聞かせくださいとお願いしたところ、今までの章で挙がった方たちとは他に、他界された3人の方（田村正和さん、竹内結子さん）のことも語ってもらった。〝この先について〟がテーマの最終章ですが、まずは3人の俳優さんとのお話から。

三谷　『ザ・マジックアワー』で柳澤愼一さんが演じられた役（かつては『暗黒街の用心棒』で主役を演じた映画スター）は、最初は田中邦衛さんにお願いしようと考え、会いに伺ったんです。

「申し訳ないけど、この役は俺の役じゃない。俺はスターだったことは一度もねえから、スターの気持ちはわからない、ごめんなさい」

とても丁寧に、申し訳なさそうにお断りになられた。お会いしたのはその時が最後です。その後に邦衛さん、ご病気されましたから。

最初はバラエティー番組の『ビートたけしのつくり方』（93〜94年）のドラマコーナー「大家族主義」でしたから、かなり昔。たけしさんとのやりとりが涙が出るほどおかしかった。

たけしさんも気に入られたんじゃないかな、邦衛さんのこと。見ていてわかりました。それから、2作目の映画『みんなのいえ』(01年)で主役夫婦の妻の父で家を建てる大工の棟梁役をやっていただきました。

ほぼ同時期に連ドラ『合い言葉は勇気』(2000年)も出演されたのですが、この時はどうしても香取慎吾さんに邦衛さんと共演してほしかったんです。香取さんは人見知りな方なので現場ですぐに誰かと仲良くなることはないけど、絶対に邦衛さんとは演技の波長が合うとわかってました。

出ていただいたらやはり息がぴったり。香取さんは「あの人は本物ですね」とおっしゃってました。つまり、本物の役者だと。邦衛さんは役に対する真剣さというか役への入り込み方がすごいですからね。

――三谷さんは芝居上で波長が合いそうな俳優さんを共演させるのが好きですね。

三谷　相性が合いそうな誰かと誰かを組ませるのが好きだし、僕はプロデューサーに俳優さんを紹介したい。僕だけが気づいた〝俳優さんのおもしろさ〟を視聴者にも知ってもらいたい気持ちもある。それが僕の仕事の一つでもあると思っている。

田村正和さんもそうなんです。僕の脚本のドラマに出ていただく前、ドラマ『パパはニュースキャスター』(87年)では3人の子供相手に右往左往して、田村さんてすごくコメディが向いていると思った。あのドラマと、その前の『うちの子にかぎって…』（84年）が最初に田村さんのおもしろさを引き出したと僕は思ってます。田村さんのコミカルな演技に僕はハリウッドスターの洒脱な匂いを感じた。当然みんなも感じていると思っていたんだけど、それに特化した作品を田村さんでやろうという人が、『パパニュー…』以来、なかなか現れなかった。もったいないなあって思っていて。

田村さんのオシャレだけどちょっとふざけた感じを「もっと視聴者に伝えたい」こともあって『古畑任三郎』に出ていただいたんです。

——『古畑…』の脚本上では〈古畑、登場。〉としか書いてないと言ってましたから、登場の仕方は田村さんにお任せなんですよね。

三谷　登場する時に自転車に乗ってくるのか、乗ってないのかくらいは書いてましたよ（笑）。田村さんが殺人現場に自転車で現れるだけでおもしろい。なんでだろう。日常のリアルを感じさせないあの空気感で、日常的なことをするからかな。

何度か話してますが、僕は登場人物が靴を履いているシチュエーションが好きなんです。だから靴下やスリッパで歩く場所をあまり設定しません。ラジオ局、高級ホテル、宇宙ステーション、総理官邸、みんな、靴を脱がない場所。新作『スオミの話をしよう』はメインセットがリビングルームなんだけど、あえてみんな土足で歩いてもらった。で、田村さんは革靴のイメージの人なんです。スリッパや靴下で歩く姿を想像しにくい。

だから逆にスリッパ姿がおもしろかったりもするんだけど、『古畑…』は犯人役も靴を履いているイメージの人が多い。草刈正雄さんとか、唐沢寿明さんとか。

逆に邦衛さんは靴下の似合う俳優さんだから、田村さんとの絡みを見たかったけど『古畑…』の世界観と違う気がして、お願いしなかった。

田中さんも田村さんもご病気されていたのは知っていました。訃報を聞いた時は、もちろん悲しかったけど、ある程度覚悟はしていました。ショックが大きかったのは竹内結子さんが亡くなられた時。一番こたえましたね。

竹内さんとは不思議なご縁なんです。最初にお仕事したのは映画『ステキな金縛り』で。その時はプロデューサーの推薦でした。結果的にはすごく僕の作品に合っていた。スピンオフのドラマ『ステキな隠し撮り』では料理が苦手な料理研究家をほぼアドリブで演じてくれて、これもとてもチャーミングだった。

実は彼女の初舞台『君となら〜Nobody Else But you』（14年の再々演版）の主役も僕のアイデアじゃない。出ずっぱりの役なんでちょっと僕は心配だったけど、でも彼女は見事にやり遂げてくれた。

——『君となら…』を私も生で観劇しましたが、初舞台とは思えなくて。もちろんドラマ、映画のキャリアがありますからね。

三谷　ＷＯＷＯＷ単発ドラマの『大空港２０１３』の主役も大河ドラマの『真田丸』の淀殿も、キャスティングの時に、僕は一言も彼女の名前を出してないんです。なのに、どの役もとてもハマっている。僕が名前を出すまでもなく、いつの間にか彼女に決まっていて、そして毎回、いい仕事をしてくれる。こういうケースはとても珍しいです。映画、舞台、ドラマと、あらゆるジャンルでご一緒させていただいた。そしてどの作品でも彼女は輝いている。よくメールで演技の相談をされた。それもあまりないタイプ。大好きな俳優さんでした。

――『鎌倉殿の13人』の章で、舞台をご一緒した俳優さんからは役作りのメールを頂くという話でしたが。

三谷　俳優さんからメールが来ることって、実はそんなにはないんです。よくくれるのは山本耕史さんと戸田恵子さんくらい。お二人は、実は僕がさほど嫌がってないことを知ってる（笑）。

ほとんどの俳優さんからは、まず連絡は来ない。僕のほうから《〇〇（映画などのタイトル）観ましたよ》とその人が出た作品の感想メールを送って、もちろんいいことしか書かないけど、それに返事が来るパターン。だから、頻繁に向こうからメールが来る竹内さんは、僕にとっては特別な存在でした。

◆この先の創作について　映画監督としての未来

■最後は60代からの創作やコメディの近未来など、気になることや今後の課題を本音で話してもらいました。私もかなり喋り、インタビューというよりは対談形式になっているので、最終章はトークコーナーのように楽しんでいただけたら幸いです。

——映画監督歴27年を超え、スタッフもかなりお馴染みの方ばかりかと思います。やりやすい環境かとは思いますが。

三谷　仕事の面ではそうですが、それはこの先の課題でもあるんです。カメラマンの山本英夫さんは『THE有頂天ホテル』からのお付き合いで、僕とほぼ同世代。山本さんのほうが一歳上。話しやすいし感覚も合う。山本さんのスケジュールに合わせて映画制作全体のスケジュールを決めるくらい重要な方。

録音の瀬川徹夫さんは監督デビューの『ラヂオの時間』から。大ベテランですよ。だってあの実写版『マグマ大使』（66～67年）の腕が伸びる、シャキーン！　という効果音を作られた方ですから。

——飛行機がマグマ大使に変身する時の！

三谷　小銭を何枚か持ってガチャガチャさせた音を加工したと伺いました。そのくらいキャリアの長い方。何よりお世話になっているラインプロデューサーの森賢正さんも60代後半。僕自身が今年63歳になったわけだし、つまりスタッフの平均年齢がどんどん上がってきてるんです。

映画監督は、頭と感性がしっかりしていれば、ひょっとしたら90歳を過ぎてもできるかもしれない。優秀なスタッフがいてくれたらの話ですが。そもそも監督って、スタッフが「AとBのどちらがいいですか？」と選択肢を出してくれたものに、「それはAですね」と答えを出すのが仕事。だから山本さんや瀬川さんにはいつまでも元気でいてもらわないと。

――何十年も続くシリーズものでも高齢なカメラマンから他の人に替わったら映像のタッチが変わるとか言います。演出は監督でも映像を撮るのはカメラマンですから。

三谷　長く監督をされている方はどこかのタイミングでスタッフを世代交代させているのかな、どうなんだろう。僕自身は、他の意味でも難しいところにきていて。これまで数年に一度好きな映画を撮らせてもらってきたけど、この年齢になっても、まだまだ自分にプロの映画監督のイメージが持てないんです。いまだにスタッフから映画の作り方を教わっているという感覚なんですよ。

最初の『ラヂオの時間』の時には、スタッフの方たちに「ありがとうございます」「すみません！」と言いっぱなしだった。初めての映画で舞い上がっていたから、床に伸びている太いコードに引っかかった時、つい「すみません！」と頭を下げてしまって。現場に見学に来られていた伊丹十三さんから「三谷くん、コードには頭下げなくていいんだ」と言われた（笑）。

今もその頃と状況はそんなに変わってない。でもスタッフに頭ばかり下げている「腰の低い監督」って30、40代ならギリギリ許せるけど、60代だとちょっと変じゃないですか。気持ち悪いでしょう。若いスタッフからしたらやりづらいと思うなあ。だからといって、今さら偉そうにもできないし。だからものすごく現場に居づらい。

——三谷幸喜が自分の撮影現場に居づらい！（笑）

三谷　現場スタッフはどんどん若くなってます。インターンの大学生もいてケータリングとか小道具を運んだりしてくれる。そこに僕が「おはようございます！」とお辞儀しながら現れる。僕は人を呼び捨てにしないから、どんなに年下でも「○○さん」と呼ぶ。それが若いスタッフは逆に緊張するみたいです。

——もっと堂々と振る舞ってくれたほうがスタッフは気楽でしょうね。

三谷　もう、どうしていいかわからない。しかも僕の年齢にしては映画界の言葉やルールを知らなすぎる。脚本家としては多少はキャリアはあるけど、映画はたまに撮るペースですから、精神は新人なんです。一本ごとに時間も空くので、積み重ねというものもない。忘れちゃうんですよ。

60代の一見ベテラン監督が専門用語に「それって何ですか？」と聞き返すから、若いスタッフが動揺してるはず。この人はわざとバカのふりをしているのか、と構えてしまうことだってあるはず。先ほど話題にしたピクチャーロック、9本も撮っていてあれを知らない映画監督って、ありえないですもん。みんな、恐怖だと思うなあ。

――30代の頃にも「今日がピクチャーロックです」と言われたことありますよね？

三谷　その頃はこんなに長く監督をやれると思っていなかったので、あえて覚えようとしなかったんですね。尻ボールドもそうです。撮影する時、助監督が「よーい、アクション！」と叩く物がありますよね。

――カチンコと言われる物。

三谷　狭い路地のシーンとかで助監督さんがカメラにカチンコ鳴らしても、その後に隠れ場所がないとか、様々な事情でカチンコ鳴らせない時は、そのカットの最後に助監督さんがカメラ前に現れて鳴らすんです。これが尻ボールド。

ところが自分の中で経験が蓄積されていないから、つい何年か前まで「じゃあ次のシーンは尻ボールドで」と言われると、「尻ボールドって何でしたっけ？」と聞き返していた。

――覚えなくてもいいことなのでは？

三谷　ダメでしょう。9本撮った監督が知らないのは絶対おかしい。ベテランの外科医がオペ室で助手にメスを渡されて、「ん、これ、何だっけ」と聞くようなもの。偽者レベルですよ、ここまで来たら。

若いスタッフといえば、「この先どうすればいいんだ？」問題もある。コミュニケーションの難しさ。

例えば、「このシーンは『アパートの鍵貸します』のラストで、シャーリー・マクレーンがジャック・レモンのアパートに駆けていく、あの感じで行きたい」とスタッフ会議で発言しても、それでピンと来る人がどんどん少なくなってきている。反対に「それは韓国映画の○○のラストシーンみたいな感じですか」と言われても、今度は僕がわからない。

◈映画の栄養素が違う若い人と仕事する未来

――若い世代に昔の映画を知らないスタッフがいる。第5章で触れた話と繋がりますね。

三谷　脚本家としてもそれは感じます。ドラマの脚本家はプロデューサーと一番関係が深い。今までは『古畑…』以前からのお付き合いのフジテレビの石原隆さん（『古畑』シリーズなどを手がけたプロデューサー／前著参照）のようにちょっと上か同世代の人たちが一緒でした。同じ作品を観てきたので、作りたいものが共通している。でも時代が進むと、僕に発注するプロデューサーがどんどん下の世代になってくる。

20代後半のプロデューサーから依頼を頂いた時に、引き受けるかどうかだいぶ悩んだんですが、今後はこういうことも増えるだろうし、世代のギャップがあってもそれによって新しいものが生まれる可能性があるからと、やることにした。でも打ち合わせを重ねると、話が噛み合わないんですよね。例えば、「今回は、思いきりアンリアルで行きましょう」と意気投合しても、若い人の考えるアンリアルが、僕の考えるアンリアルの許容範囲をはるかに超えていたりするんです。結局はその仕事は流れました。

打ち合わせをしているとわかるんだけど、若い人の中には、過去の作品に対するリスペクトに欠けている人がたまにいる。誤解のないように言うけど、既成概念に囚われない新しい映画やドラマを作りたいという意欲はすばらしいと思うんです。刺激にもなる。でも僕らの世代からすると、古い作品があって、その良さの上に次世代の映画があると思うから、過去の作品を一切排除してから始めようとする、織田信長的思考の人がいると、少し哀しくなってしまう。

——我々と同じ世代の監督が「僕はあまり他の人の映画を観ない」とか言うのも影響してるんですかね。本当は監督はみんなすごく映画を観てるし、小説家はすごく本を読んでいるんですよね。

三谷　そう思う。本当はみんな観てるんですよ。観てないと言ったほうが格好いいから、言わないだけ。それを真に受けて「俺も観なくていいや」と思っちゃうというのもあるのかな。ちなみに小説家を目指す人って、みんな夏目漱石を読んでいるのかな？

——みんな読んでますよ。「俺はあまり観てない、読んでない」の〝あまり〟の基準が高いだけです。年に50本映画観といて、「あまり観てない」とか言う。

三谷　あと、僕らの世代の悪いとこかもしれないけど、ハリウッド映画に大きな憧れを持ちすぎている。若いスタッフにはそれがない。逆に韓国映画や中国映画も区別しないで、ハリウッド映画と同じ感覚で観ている。だから話していると僕も知らないアジア映画のタイトルが次々出てくる。

——TSUTAYAなどレンタル店に韓流コーナーが出来た時期から映画を観はじめた世代。私らは子供の頃に民放で毎日ハリウッド映画が放送されていた。若いスタッフは本数は少なめながら外国映画を観ていても、ハリウッドの名作は知らないと。私はレンタル店に韓流の棚が増える一方でアメリカの旧作映画が少なくなっていくのが悲しかったなあ。

三谷　僕はコメディといえばハリウッドだったけど、若い人は韓国や中国の上質なコメディをたくさん観ていて、僕らの時代とはだいぶ変わってきているのを感じます。

——育ってきた映画の栄養素が違うんですかね。

三谷　まったく違う料理を食べて大人になった世代。確実に自分がズレて来ているのがわかる。だからといって、若い世代と交わるのはやめようとは思ってないんですよ。むしろ、これからは僕が彼らと同じ栄養素を吸収するべきなのかなと。だから彼らが観てきた作品をもっと観たほうがいいと思って、僕がこれから観るべき作品をリストアップしてもらいました。

ただね、新しい映画を観ることがどんどん億劫《おっくう》になっているのも確か。なぜならガッカリしたくないから。自分があと何年生きられるかわからないという思いが若い頃より切実にあるわけで。そうなると、新しい映画よりも、以前観ておもしろかった映画、感銘を受けた映画を優先して観返してしまう（笑）。

――わかります。死ぬまでにもう一度観ようと決めていた映画の数々を、今から観返していかないと間に合わない気もしてきた（笑）。

三谷　また『大脱走』観ちゃいましたもの。もちろん新作も観るけど、本数はかなり減りました。よくないですね。

――近年のアカデミー賞作は観るでしょう。

三谷　例えば『グリーンブック』（18年／米映画）はおもしろかったけど、あれも6年前か。あの映画のおもしろさのほとんどは、ロードムービーの基本を押さえているから。だから新しい映画を作るにも、やはり古い映画のいいところを知ったほうがいいとは思うなあ。

――音楽でも、あるバンドのルーツを探るとビートルズがあり、ビートルズにもルーツがある。作り手はルーツを知ってほしいですね。サスペンスのルーツがヒッチコックなら、若い人が『サイコ』を観たらすごいと思うかもしれない。でも最初に観たヒッチコックが『ロープ』だとガッカリするかも。若い世代に推薦する作品のチョイスが難しい。

◆映画に100%のコメディはない？

三谷　ワイルダーにも古くなってしまった映画と、持ちこたえている映画ってあるんですよ。『創作を語る』でも似たことを話しましたが『麗しのサブリナ』(54年)はちょっと古い。でも『昼下りの情事』は古くない。『アパートの鍵貸します』もまったく大丈夫。あと、その時代の価値観の問題もある。男性が女装して逃げ回る『お熱いのがお好き』は笑える喜劇だけど、今の世の中では、受け入れにくい部分も多い。

――あと微妙な古さってありますね。江戸時代を舞台にした物語が「今の時代の価値観に合わない」と批判されることはない。古典になっているから。

三谷　確かにシェイクスピアは古典だから、今後大きく扱いが変わることはないと思います。僕もアップデートしなくちゃいけないとは、常々思っています。将来は、チャップリンも上映しにくくなったりするのかな。特に放浪者が主役の初期の作品。貧乏な人の貧乏な暮らしぶりで笑いを取ったりしているから。

――例えば真面目な映画ならいいんでしょうね。放浪者をコメディで描いたらNGな風潮です。でもチャップリンはコメディだからこそ悲哀や生きる望みを描けたと思いますが、コメディだと笑い者にしていると思う人がいるんです。

三谷　笑いに持って行ったら、ダメなんだね。『Mr.ビーン』はどうなんだろう。ビーンのキャラで笑わせようとしているからNG？　悲劇として描くならあり？　落語の与太郎は？　あれは古典みたいなものだからいいのかな。

――与太郎の悲劇は聴きたくないですよ。

三谷　『記憶にございません！』で言えば、アメリカ大統領と会うことになった記憶喪失の総理が、英語も忘れているので何を聞かれても「ミートゥ（僕もです）」で逃げ切るんですが、上映時は《#Me too運動を茶化すとは何事だ》という意見があった。#Me too運動が拡大したのは制作後なんです。

――でもそれは女性問題と関係なく、何を聞かれても「僕もです」と英語で答えるギャグなのに、#Me too運動と無理にこじつけられたと思いますが。

三谷　だから基本ギャグにしたらダメなんです。

　それと、コメディが下に見られてるという以前に、コメディというジャンルがあることを知らない人が増えている気がする。

――どういう意味ですか？

三谷　笑わせるために作られた映画なんかこの世には存在しないと思っている人が、一定数いるような気がしてならない。たまたま笑える作品があるだけで。喜劇作家としては由々しきことです。

僕の映画の感想で「無理やり笑わせようとしているから、つまらない」というのがあった。必ずそういう意見を書き込む人がいる。そんなこと言われるとは思いもしなかったので、もうびっくりですよ。無理やり笑わせようとしているって、そりゃそうですよ、喜劇なんだもん。そういう人は、シリアスな作品でたまにユーモラスな会話が出てくるものが好きなんだろうけど、僕がやりたいのはそういうものではない。漫才師は笑わせるために舞台に立っているじゃないですか。なぜ喜劇作家が笑わせるために映画を作ると文句を言われるのか。

――漫才やコントとは違って、映画のようなストーリー性が強く2時間ほどあるジャンルでは笑いだけで作ってはいけないという考えなんですかね。

三谷　ただ一方で、「じゃあ純粋なコメディ映画を挙げろ」と言われると、これが難しいんです。寅さんシリーズは人情もののいい話だから、笑えるけど僕の目指すコメディではない。どのセリフもシーンも笑いのためだけに成立していて、なおかつ本当に笑えるもの。そう考えると、日本の映画で僕の思う「純粋なコメディ映画」ってなかなか見つからないんです。自分の作品でさえ当てはまらない。

じゃあアメリカ映画ならあるのか。前（第4章）にも話した『アパートの鍵貸します』は、まずラブストーリーがあってそこに笑いのエッセンスがまぶしてある感じ。だから大好きだけど、純粋なコメディ映画ではない。

その点『お熱いのがお好き』はコメディ映画と言えるかもしれない。他に何があるだろう。

――そうなると『オースティン・パワーズ』(1)みたいなギャグものになってしまいますね。ストーリーに意味がなく、コントみたいなシーンの羅列で展開を見せる。

三谷　結局はパロディになっちゃうんですよ。だから、コメディ＝パロディという誤解が生まれる。僕はパロディものには手を出してはいないけど、三谷はパロディ作家だと思っている人もいる。パロディ以外にも笑いの要素って山ほどあるんだけど。

――オリジナルのストーリーがある時点でコメディとは言えないと(笑)。ラブコメはコメディじゃない、笑えるところがあるラブストーリーと言われたらそうですね。じゃあ純粋なコメディを挙げろと言われると難しい。

三谷　本当に難しい。『オースティン・パワーズ』とか『フライングハイ』とか『ケンタッキー・フライド・ムービー』だけじゃないんですよ。

――よくわかります！　ギャグものを省くと、純粋なコメディ映画はないのか！

三谷　確実にこれは笑えるだけのコメディというのが2本だけあって。『あきれたあきれた大作戦』(2)。プロデューサーで主演のアラン・アーキンが好きで、監督はアーサー・ヒラー。最初から最後までおかしくて、パロディではない笑いが詰まっている。これは間違いなく純粋なコメディ映画。

もう一つはニール・サイモンが映画のオリジナルシナリオを書いている『おかしな夫婦』(3)。最後、ちょっとだけ教訓が入ってしまうんだけど、99パーセント笑わせるだけの作品です。これもアーサー・ヒラー監督なんだよな。ヒラーが好きなのかな。

この二つくらいしかすぐには思い浮かばない。実際には他にもあるだろうけど。大変なんですよ、感動はいらないけど満足はできる作品を作るって。

――恋愛や家族愛など何かしらストーリーがある中にコメディ要素がある映画が本当に多い。『アパートの鍵貸します』のストーリーをシリアスにアレンジすることも可能ですし。『博士の異常な愛情』みたいにストーリー自体が風刺ギャグというものも希にあるでしょうけど。

三谷 そうなると、僕には純粋なコメディを突き詰めていくと、連ドラとしてのシットコムになるような気がする。特にアメリカ製のシチュエーションコメディ。

この前、ちょっとつらいことがあって、落ち込んだんです。そんな憂鬱な夜に、気晴らしにコメディを観ようと部屋でＤＶＤの棚を探しても純粋なコメディ映画が思いつかなかっ

1　97年からのシリーズ3作の米国映画。マイク・マイヤーズ主演。主に『００７』『スター・ウォーズ』シリーズのパロディが多い。
2　79年／米映画。コーンペットは娘の結婚相手とその両親と初対面。しかしその両親は財務省の印刷局からドル紙幣の原版を盗んだ一味のボスとその妻だった。巨大な謀略に巻き込まれてしまう……。
3　70年／米映画。妻とニューヨークへ行った田舎者の男（ジャック・レモン）に次々と襲ってくる偶然の不幸。大都会に翻弄されるドタバタコメディ。

た。感動はいらない。ただただ笑いたい。そんな時、俺は何を観ればいいんだ。で、以前松野さんから頂いた『フレイジャー』シーズン2のＤＶＤを観たら、宇宙人のエピソードがむちゃくちゃおもしろくて。心から笑えてすぐに立ち直れた（笑）。

■『フレイジャー』シーズン２「フレイジャー　エイリアンにやられる」、ラジオで人生相談も務める中年精神科医フレイジャーが主役。地元の選挙に立候補した政治家を推薦しようとＰＲ映像を自宅で撮ることになり、政治家とカメラクルーを招く。本番前、政治家とバルコニーで二人きりになると、悩みを打ち明けられた。私は宇宙人にさらわれた過去がある……と。このことを世間に隠すべきか？　この政治家を当選させていいのか？　右往左往するフレイジャー。

三谷　〝笑いってこういう力があるんだ！〟と改めて実感しました。つまりですね、僕にとっての心から笑えるコメディって、結局はシットコムだったというのが結論。なぜなんだろう。なんで『フレイジャー』って笑えるんだろう。いろんな理由があると思うんだけど、作り手側に気負いがないからかもしれない。この作品で、人の人生を変えてやろうなんて微塵も思っていない。ちょっとは思っているか。でもそうやって出来た作品が一番人の心を動かす。不思議です。

――それは今年の舞台『オデッサ』や最新映画『スオミの話をしよう』に繋がりますね。まさに今の三谷さんがたどり着いた一つの答え。

◆脚本家としての未来

――脚本家としての今後のお話もお願いします。

三谷　20年くらい前から、舞台作品では歴史上の人物が登場するものが多くなった。太宰治、ゲッベルス、ゴッホ、ゴーギャン、ジュディ・ガーランド……。劇団時代には想像もしなかった。ドラマでも大河を3本やりましたし。実在の人物のみなさんに、かなりお世話になっている。

そうなってくると、その分、純粋なフィクションを作ることに少しずつ違和感を持つようになってきた。どこに違和感あるかというと、まず役に名前をつけるのがきつい。そこに理由なんてないじゃないですか。実話なら、主人公の名前が北条義時であることには必然性があるんだけど、古畑任三郎が古畑任三郎である理由は何もないんですよ。あの頃はまったく気にならなかったのに、最近はそこがどうにも引っかかる。

最新映画で言うと、主人公「スオミ」はフィンランド語でフィンランドをスオミというところから付けて、そのことが物語にちょっとだけ影響を与えているから、自分としてはまあ

ＯＫだったんですが、夫の名前の「寒川しずお」というのがもう恥ずかしい。詩人だからそれっぽい名前にはしたんだけど、彼が「しずお」である理由はないんです。そこが照れ臭くてたまらない。

使用人の名前は魚山《ととやま》っていうんだけど、これは「おもしろい響き」というエクスキューズがあるから大丈夫でした。すべて自分の心の持ちようの話なので、他人にはどうってことないことなんだけど、名前をつける時は本当に苦しむ。

――おもしろい名前なら、名前にリアリティーが生まれてその人物はその名前と決定できるわけですね。

三谷　その理屈もよくわからないんだけどね。大河はいいですよ。登場人物は多いけど、ほとんど最初からもう名前があるから。女性の場合は記録に残ってないので、自分で考えなくてはいけないけど。

――ストーリー上はどうですか。歴史上の人物だと史実をアレンジして物語を書くわけですが、オリジナルだと100％フィクションだから自由すぎると感じます？

三谷　そうなんです。史実があれば制約も受けるけど、逆に「だってこれは本当にあったことなんだもーん」と開き直って、どんなに感動的なシーンも照れずに書ける。今、久々に現代劇の連ドラを書いているんですが、何でもありなだけに難しいったらない。この先、完全オリジナル作品を書き続けていくことができるんだろうか。

——大事じゃないですか！　三谷さんの好きな制約がまったくないからですかね。

三谷　どう書こうが自由。でも、それがネックになっている。今書いているドラマも、どこかに縛りがないと何もストーリーが浮かばないから、自分なりにいろいろと制約を考えて、その中でやっています。「なんでこんな話にしたんですか」って聞かれても、「だってこんな制約があったから、こうするしかなかったんですよ」と答えられるようにしている。その制約も自分で考えたくせに。そもそもそんな質問を僕にする人なんていないと思うんだけど。

——決して史実や下地がないと書けないわけじゃなくて、史実を多く題材にしすぎてオリジナルの〝作り物〟にリアリティーを持って書きにくいと。「自由に書くこと」が逆に不自由な方向にいっている？

三谷　元々が自由に書くことに向いてないんでしょうね。

——小説の何でもありの自由さに向いてないのと共通してますね。

三谷　そう、小説は苦手。映画より舞台のほうが向いていると思う理由は、映画に比べて舞台は極端に自由度が不足してること。映画はどんな角度からも撮れる。だからいまだにカメラ位置で悩みますもの。舞台はお客さんが観る方向は一定してますから。映像の長回しが好きなのも、舞台的な制限を無理やり作ってるみたいなものだから。

——じゃあもうある程度は史実がある物語じゃないと書けない作家になってしまうんですか？

三谷　まったくわからないです。オリジナルの作品も好きなんですよ。だってシットコムは、本来オリジナル設定ですからね。あ、でも、吉田松陰主役のシチュエーションコメディとかもおもしろそうだな。シェイクスピアが主役のシットコムはあったな。

◆もしもこの先に大河ドラマを書くなら……

――『真田丸』と『鎌倉殿の13人』の間は5年。この先もまだ大河ドラマを書くことは考えられます。書くなら誰を主役で描きたいという人物はいますか？　大きく分けると手つかずの人物か、みなさんご存じの人物か。大河ドラマの歴史も60年ほどでいまだに描かれてない時代はかなり少ない。

三谷　一番古い時代が平将門。つまり平安時代より前の時代を描いた作品はまだないんです。奈良時代ね。もしお話を頂けたら奈良時代をやりたいとは思います。

僕が好きなのは藤原仲麻呂。藤原鎌足が死に、不比等から四兄弟がみんな死んで、藤原氏を盛り立てていくのが藤原仲麻呂しかいなくなり、中央政権に躍り出るんだけど、最後は失脚してしまう。藤原氏の流れはおもしろい。

――藤原仲麻呂は確か次男では？　第2章で話したことと繋がります。

三谷　それかご存じものでいくなら忠臣蔵。これは20年くらい大河で扱われていないんです。

——昔は民放でも年末特番で忠臣蔵をやってましたね。

三谷　でもやらなくなった理由も確かにある。まず1年もたせるのはなかなかしんどい。ドラマ的に派手な出来事が、松の廊下と討ち入りくらいで、その間が薄い。赤穂浪士と関係者を含めたエピソード集みたいにしたらできるかも。ただ最後に全員が腹を切って終わりっていうのが、なんだかもう一つ好きになれないんですよね。

1年間のオンエアを一人の人物で描き通すのは、よほど密度の濃い人生を歩んでいる人物でないとやはり大変。あとは人物じゃなくて、出来事を描くというのもある。『新選組！』はメインで描かれている時代は短くて、江戸から京都に行き、また戻ってくるまでの4年間なんです。そういう描き方もないことはない。1年かけて、明治時代の欧州使節団を描くとか。地味だなあ。

昔、民放の時代劇ドラマで『剣』といって、刀職人が造ってからの一本の刀がいろんな武士の元をリレーしていき、最後にボロボロになるまでをオムニバスで描いたドラマがあった。ああいうのもおもしろいと思いますけどね。

——一本の刀を主役にして。

三谷　でも大河的ではないかな。

——となると有力候補は奈良時代？

三谷　すべて妄想ですよ。オファーが来る可能性はかなり低い。あいつはもういいだろうと思われているような気もするし。そもそも大河って本当にやりがいのある仕事だから、僕ばっかりそう何回もやるのは申し訳ないとも思う。

もし次があったとしたら3年くらいじっくり時間をかけて書きたいな。大河の章でお話ししたように最終回まで書いてから、「あそこに伏線張っておけばよかった！」と前に戻って書き直したい。そうだな、理想は今から書き始めて、数年後にオファーが来た時に「実はもう50話書いちゃいました」とドバッと脚本を渡したい（笑）。

――三谷さんが全話書いた時代にNG出されたらどうするんですか？

三谷　どうだろう、全話あればさすがに喜んでくれるんじゃないかな。だってスタッフは絶対助かるもん。例えば同じセットのシーンを50話まとめて撮れたらお金の面でどれだけありがたいか。台本書くのが遅い脚本家ですから、どの面下げて言ってるんだよって感じだけど（笑）。

オファーされる前に書くのは、やっぱりしんどいか。舞台でも映画でも今までやったことない。ニール・サイモンの伝記を読むと、まず台本を全部書いてからプロデューサーに上演を掛け合ったりしていたので、ブロードウェイではそうなのかも。日本は逆で企画が最初。台本がない段階からキャスティングする流れ。本来はまず台本があり、この台本でやると決まってからキャスティングしていくのが正しい流れだとは思う。大河でそれをやった人はまだいないと思うけど。

——当て書きしかできないと言う三谷さんには難しそうですね。あらかじめ全話書くのも俳優さんの当て書きですか？（笑）

三谷　企画が決まる前からキャストも決めちゃって書くイヤな作家（笑）。僕の想像力の欠如かもしれないけど、俳優さんの顔が浮かんで、その俳優さんに何を語らせたいかというところからの発想で書いてますから、いつも。

——最初に俳優さんのスケジュールを押さえなきゃならないから、やはり企画からじゃなきゃ難しい。関連して聞きたいのは『真田丸』も『鎌倉殿…』も元々その時代や人物に詳しいから決めたわけですよね。

三谷　例えば今、大塩平八郎の乱を依頼されたとして、僕は何も知らないから断ります。あらかじめ知識の蓄積がないと、いくら資料で勉強を始めても書けません。その知識は元々その時代が好きでこれまでふだんからいろんな本を読んで得たこと。その基礎知識がわりと大事。

——参考資料になるものは、過去に三谷さんが好きで読んできた書物とは別に、その時代を扱った映像作品も参考になりますか？

三谷　『鎌倉殿…』で言うと、映像作品があまりないんですよ。義経を扱ったテレビ東京の年末時代劇をビデオで持っていたので観返しましたが。同じ時代を扱った『草燃える』は、もちろんオンエア時は観ていましたが、引きずられると嫌なので、執筆にあたっては観ないように努めました。

それと鎌倉時代と何の関係もないけど、おもしろいストーリーの基本として『アラビアのロレンス』（62年）や『戦場にかける橋』（57年）を観返しました。父と子の物語でもある『ゴッドファーザー』も。元々僕の栄養素として蓄積していた映画やドラマを観直すという作業ですね。

――本と映像作品は栄養素として三谷さんの中で蓄積してきたもの。書く時には発酵している感じがします。いきなり調べたり勉強したりしてから長い時代ものを書くのは、どんな脚本家でも難しいでしょう。

◆制約やピンチが好きな理由は「信頼」

――前著で「ピンチが好き」と言ってましたけど、あらかじめ50話書いてもいろんな都合で変更が生じるんじゃないでしょうか。大河ドラマでのピンチはいくつかお聞きしましたが。

三谷　そうなんですよ。そしてそれがいい効果に繋がることもある。『鎌倉殿…』だと最終回の1話前（47話［ある朝敵、ある演説］）、政子が御家人たちの前で演説するシーンもそうでした。資料を読んだ時にはものすごい人数の御家人たちの前で政子が演説するイメージだったんです。それこそ千人くらい。

プロデューサーから「それができたら最高なんですが、セット的にもスケジュール的にも難しいですね」と言われました。連ドラは最終回に近くなると時間や予算もなくなってくるから仕方ないんです。場所は御所の庭に決まり、御家人たちの数もイメージしていたものよりかなり少なくなりそう。だったらむしろ政子は御家人たちにではなく、誰か一人の人間のために演説するというのはどうだろうか。そんなふうに考え方を変えたんです。そこから義時に向けて語るという方向性が見えてきた。

――義時が御家人たちに向かって、自分が死ねばみんな助かるという話を始めたのを遮った政子が、尼将軍として御家人たちを鼓舞するために演説をしつつも、横で聞いてる義時に姉として話しているという二面性のあるシーンと台詞でした。

三谷　そしてそれによって『鎌倉殿…』は結局、義時と政子の物語なんだ、ということに気づかされたんです。自分の頭の中だけで考えていても、果たしてそこに至ることができたかどうか。そして「そうか、これは姉弟の物語だったんだ、だとしたら最終回も姉弟で終わるべきだ」と思いつき、翌週の最終回のラストシーンになった。だからそもそも、演説のシーンに千人集められたらああいう結末にはならなかった。

――三谷さんは千人の群衆のイメージが大幅に減っても乗りきれるんですね。

三谷　条件を与えてくれれば、条件に沿った形でおもしろいことを考えるのが好きですから。だからプロデューサーには「遠慮せず、何でも言ってください」といつも言っているんです。

――出された条件から先の展開を思いついたり、逆算して考えたりを重ねておもしろくなる。じゃあなおのこと最初から50話書くのは無理では。

三谷 かもしれないな。僕はやっぱり条件を出されたギリギリのところで書かないとアイデアが浮かんでこない。『王様のレストラン』のところ（前著『創作を語る』参照）でも話したようにピンチが好きなんです。

――主演の松本幸四郎さんがスケジュールの都合であまり撮影に参加できなくなった回ですね。プロデューサーから告げられて驚いたり頭にきても、次の瞬間には「主役があまり出ない回ってどんな話があるか」と考えるように頭をシフトできるんですか。

三谷 それは違う。頭になんかこない。主役の出番が少ないと聞いた瞬間にワクワクしてます。

――（爆笑！）三谷さんの最大の謎！　その理由は舞台を作っているからトラブルは仕方ないと考えるのか、元々の三谷さんの性格なのか。

三谷 プロデューサーが無理を言ってくるのは、僕を信頼してくれているからこそ。だからその信頼に応えたい気持ちが強いんだと思います。僕に話す段階で、もう相当ギリギリのところまで来ているんだろうなと思うから、その悪条件に応えなければ、この先、みんなが大変な目に遭うのがわかっている。だったらやるしかないですから。

――映画やドラマはキャスト、スタッフと関わってる人数が多いから必ず不具合は生じます。他の脚本家の方は脚本を変えなきゃならないようなトラブルにどう対処してるんですかね？

三谷　まったく知らない。

――脚本家の横の繋がりはないんですか？

三谷　ないです。大石静さん、井上由美子さんはメールアドレスを知っていますが、滅多にやり取りはしない。他の作家さんたちって横の繋がりがあるのだろうか。僕は監督としても劇作家としても、同業者との繋がりはほぼゼロに等しい。でも、それって僕だけのような気もしないでもない（笑）。

話を戻すと、僕がこの先に4本目の大河ドラマを書くことになるとしたら、大河ドラマ作家として最多タイになる。でも、それはちょっとどうかと思うんです。

――過去に一番多く書かれた方はどなたですか。

三谷　中島丈博さんが4本です。でも『炎立つ』は1年やってないから、もし僕が次に1年続く大河を書いたとしたら、話数で換算したら、きっと僕が一番になるはず。もちろん光栄なことなんだけど、あとからテレビ史的に大河ドラマを振り返った時、それっていいことなのかなって。

僕は心から大河ドラマを愛してはいるんだけど、本来僕みたいなタイプの脚本家は、大河ドラマ作家として決して本流にあってはならない。あくまでも毛色の変わったものを書く、ちょっと変な奴でいいんです。４本も書くような人間じゃない。そもそも大河ドラマ作家と呼ばれたくないし。僕は喜劇作家と言われたい。

――では大河ドラマではないとしても、『清須会議』のように映画、または舞台で歴史ものを続けるという結論でいかがでしょう。11年ぶりに話をお聞きした三谷さんは、創作ジャンルが何であれ〝常に舞台的な作り方に挑戦する喜劇作家〟という印象でした。

三谷　もちろん歴史ものは今後も書いていきたい。同時に映画でも舞台でもコメディを作り続けたい。まだ僕は喜劇作家として、代表作と言えるものを作ってないですから。

その二つを交互に作るのがこの先の理想だと思います。

あとがき

三谷幸喜

前回の松野さんとの共著『三谷幸喜　創作を語る』が出版されたのは2013年の11月でした。時期で言えば6本目の監督映画『清須会議』が公開された頃。それから現在に至るまで僕は、どんな仕事をしてきたのでしょうか。

映画は今年公開の『スオミの話をしよう』を含めて三本。ドラマはオリジナルの単発が二本、オムニバスシリーズの一時間ものが一本、アガサ・クリスティのドラマ化が三本、シットコムのシリーズが一本。人形劇のシリーズが一本。大河ドラマが二本。舞台は、ストレートプレイの新作が十六本（うち一本はすぐに再演された）、劇団時代の旧作の再演が一本。ミュージカルが三本（それぞれに再演を重ねる）、歌舞伎が一本。海外戯曲の演出が六本。約十一年分の仕事として、これは多いのか少ないのか。

プライベートではどうだったでしょう。離婚をし、引っ越しをし、愛犬と死別。再婚して再び犬を飼い始め（今度は二匹）、初めて父となり、直後に病気をして前立腺を摘出。こちらに関しては、かなり怒濤の十一年だったといえるかもしれません。

松野さんとの二度目の共作は、この期間に僕が作った作品たちを、彼の質問に答える形で振り返ったものです。ついでに身辺のことや、今後の展望などもわりと細かく語りました。

前回も書きましたが、僕はあまり過去を振り返るのが好きではありません。そういう類の取材も極力断っています。そもそも人見知りなのでインタビューや対談が苦手ということもありますし、過ぎたことを考える余裕があったら、少しでも先へ駒を進めたいタイプなのです。だから成長が著しく遅いのかもしれませんが。

だから松野さんとの仕事は、僕にとってとても珍しいケースなのです。なぜ僕は松野さんとなら昔の話が出来るのか。普段語らないことまで語ってしまうのか。それは一重に彼との関係性にあります。

メールのやり取りはあっても、仕事以外で会うことはない。今回お目に掛かったのも十年ぶり？　それなのに、まるで昨日別れたように、彼とは接することが出来る。会えばコーヒー一杯で四時間でも五時間でも話せる。歳も近く、似たようなものを観て育ったので、共通の話題が多い。そこには何一つストレスがありません。もちろん、彼のインタビュアーとしての才能もあると思います。そして彼は以前よりもそのスキルを上げたような気もする。

というわけでこの本は彼との出会いがなければ存在しませんでした。松野さん。次はいつにしますか。十年後？　実のある対談が出来るよう、その時までに僕はまたいろいろと作品を作っておくことにします。

文中一部敬称略

巻末オマケ『鎌倉殿の13人』全話簡単あらすじ

松野大介の独断による「裏切りと死のダークミステリー」ポイント解説

（初回のみキャスト名記載）

1話❖「**大いなる小競り合い**」

伊豆の豪族、北条時政（坂東彌十郎）が京での大番役の務めを終え伊豆に戻った祝いの宴のシチュエーションが多くの時間を占めた構成の初回SP。義時（小栗旬）は兄の宗時（片岡愛之助）から、平家により流人となった源頼朝（大泉洋）を館にかくまっていると聞かされ驚く。腹心の友、三浦義村（山本耕史）に相談し、宴にいる武士に気づかれないよう右往左往する。そんな最中、時政が京で出会った女性、りく（宮沢りえ）と結婚することを報告し、義時や妹の実衣（宮澤エマ）ら家族を驚かせる。娘の八重（新垣結衣）に子を産ませた頼朝に逃げられた平家側の坂東武者、伊東祐親（浅野和之）に頼朝の件を知られ、兵が館に来る。伊東は頼朝と八重の子を下人の善児（梶原善）に殺害させた。ラストは姉の北条政子（小池栄子）の案で頼朝を女装させ馬で館を脱出させる義時。その映像に挿入される平清盛（松平健）、源義経（菅田将暉）、後白河法皇（西田敏行）ら、物語を動かす人物のカット。

2話❖「**佐殿の腹**」

伊東との身内の戦は平家側の大豪族、大庭景親が仲裁に入り、北条が頼朝を預かることに。義時は頼朝と政子の仲の進展に気をもみ、恋心を寄せる八重が頼朝に会いたがっていることもあり頼朝に出ていってほしがる。だがラストは頼朝から二人きりの露天風呂で「憎き清盛の首をとりこの世を正す、そのためには政子が、北条が欠かせぬのだ」と父の仇の平清盛討伐の決意を打ち明けられる。「お前はわしの頼りになる弟じゃ」

3話❖「**挙兵は慎重に**」

以仁王と超高齢な源頼政が平家打倒に挙兵するが、数日で鎮圧。平家側の伊東が時政に圧力をかけるが、政子との間に大姫をもうけた娘婿の頼朝を守る意志は堅い。宗時らから促された挙兵を拒む頼朝は、平清盛によって幽閉された後白河法皇が夢枕に立ち、助けを求められて悶絶、心は揺れる（次週から何度もコミカルに夢枕に立つ）。ラストで「必ず勝てるという証がない限り兵を挙げることはできん」と拒む頼朝だが、義時から兵を集める秘策を聞かされ、後白河法皇からの密旨もあり、ついに決意。頼朝の父（らしき？）のドクロ（しゃれこうべ）が初登場。平家に苦しめられた民の象徴としてドクロに平家討伐を誓う。

4話✣「矢のゆくえ」

まったく兵は集まらず、義時は兵集めに懸命。八重は父の伊東から家人に嫁がされても変わらず頼朝を想う。義時から今夜から戦になると聞かされ、「伊東のじいさまに聞けば今夜の山木の動きもわかるはず」と頼まれる。父を裏切れないと突き返す八重だが、頼朝が殺されると危惧し、頼朝が住む川向こうに矢を放ち、情報を流す。攻めることを伊東側に漏らして身内に叱られた義時だが、頼朝と見たその矢は山木兼隆が館にいる意味と理解、武者震いしながら初の戦へ。ラストで火の矢が夜の館に放たれ、4年7ヵ月に及ぶ源平合戦が始まる。

5話✣「兄との約束」

冒頭で初の本格的な戦シーン。義時はおどおどしながらも敵を斬る。山木兼隆、堤信遠の討伐に成功。しかし怒った平家側の大庭が三千の兵を従えたのに対し、頼朝側はたった三百の兵。予想通り大敗北。「北条を頼ったのが間違いであったわ！」と怒る頼朝ら数人はぼろぼろの姿で洞穴に身を潜めた。一方、伊東は宗時の殺害を指示。洞穴で頼朝から観音像を取りに行くことを頼まれた宗時は館へ向かう。ラスト、宗時は林道で義時に北条と坂東武者の夢を語って別れた後、川原で善児に殺される。

6話✣「悪い知らせ」

頼朝を捜す大庭配下の梶原景時は洞穴に潜む頼朝を発見するが、落雷の直後、頼朝は天に守られていると感じて引き返すオープニング。家を抜け出した八重は息子の千鶴丸がいるはずの伊豆山権現で、実は川で亡くなり墓があると知り号泣。歩いて逃げる頼朝らはへとへとで舟を漕ぎ、安房へ。安西景益の館に逃げ集まった坂東武者の中に、宗時がいない。疲弊した頼朝は戦の断念を義時だけに伝えるが、兄の死を悟った義時は、平家の横暴や石橋山の戦で頼朝を守るため「死んでいった者たちが浮かばれませぬ！　必ず平家の一味を坂東から追い出す」と決意を見せ、頼朝は再度戦いを誓う。勝敗を左右する坂東の大物、上総広常がラストで初登場。

7話❖「敵か、あるいは」

〝自分が味方したほうが勝つ〟と豪語する上総広常を訪ねた義時は、大庭の使いの梶原景時と鉢合わせになり、引き込みの交渉で争うが、手応えはない。八重は父の伊東から千鶴丸が殺められたことを聞き出し、「二度とこの方を父とは呼びません」と絶縁。頼朝が近所の女、亀と浮気した夜、頼朝のいる館を大庭側が襲う計画を耳にした上総は、前に義時が言ったように「頼朝は天に守られてる。だったら今度も助かるはずだ」と訪ねた義時を館に助けに行かせない。頼朝は亀の夫が亀を取り戻しに来た時に逃げていたので、大庭側が襲った時には不在で命拾い。上総は頼朝に加勢を決め会いに行くが、頼朝は「帰れ。遅い！　遅参する者など戦場では役に立たん」と一刀両断。関係の上下をはっきり見せつける貫禄とド迫力に上総は深々と詫び、頼朝に仕える所存を述べる。頼朝は廊下に出ると一転、弱々しく「顔が怖いんだよ」と上総を評する。

8話❖「いざ、鎌倉」

源義経が本格的に登場。奥州平泉を出て富士山や海に寄り道しながら鎌倉へ。一足先に鎌倉を目指す頼朝勢には味方する豪族が増えて大軍勢に。義時は、平家側から戻った畠山重忠を周りの反対の中で仲間に入れ、源氏の嫡流（本家の家筋）を名乗る武田信義を仲間に引き入れながらも、自分に的確な指示を出す頼朝に「すごいお方です」と魅了されていく。その頼朝は鎌倉仮御所で亀ともまた情事。坂東武者には伊東を討ち取るよう指示していた。伊東は御所で戦になったら娘の八重を殺せと八重の夫の江間次郎に指示。そのことを知った義時が八重を救いに向かう頃、江間は部屋で八重の背後に座る……。

9話❖「決戦前夜」

江間は八重を殺せず、侵入した善児に刺されながらも八重を逃がす。父の伊東は身内の義時と三浦義村に説得され、戦を諦め降伏。義時と政子の願いで頼朝は伊東の命はとらず。富士川の戦いで合流した武田信義は頼朝を出し抜いて夜討ちをかける策だが、時政と喧嘩をした三浦義澄が川に落っこちた音で無数の水鳥の凄まじい羽音が起こり、平家の追討軍は敵だと勘違いして退散。この好機に一気に清盛を討ちたい頼朝だが、兵糧がなく戦の続行は困難と時政に強く迫られ、坂東武者と自分の間の溝を感じ、「わしは一人ということじゃ……」と義時に弱音を漏らす。直後、義経が現れる。ひざまずいて「兄上と共に必ずや、必ずや父上の仇を討ちとうございます！」と言う義経に「よう来てくれた！」と涙ながらの抱擁。一人ではないことを知る。

10話 ❖「根拠なき自信」

晒された大庭景親の首を見て時政は呟く。「一つ間違えば俺たちの首があそこに掛けられてたんだな」。八重は頼朝に会えずとも支えようと御所の侍女を務める。さっそく戦に出た義経は頼朝らと佐竹義政の討伐に。名のある武士の前でも若い勢いで「（戦の）経験もないのに自信もなかったら何もできない」と言い放つ。良い策を立てて誉められ「戦に出たら誰にも負けません！」と誇るが、直後に佐竹が砦の守りを解いて呆気なく決着。頼朝は八重のところへ夜這いをかけたが義時に見つかり、義時の八重への想いを知り、嫁にすることを思いつく。

11話 ❖「許されざる嘘」

差し入れしたり面倒を見たりして八重に想いは通じたと信じていた義時はあっさり振られ、ショック。鎌倉の御所が完成。頼朝は鎌倉殿に。坂東武者らは後家人に。「まさに関東に独自政権が芽生えた瞬間である」（ナレーション）。その後に平清盛が死ぬ大きな転換期。政子が子を宿した頃、頼朝は弟の阿野全成から〝生まれる子が男児となるには八重との子の千鶴丸の成仏が必要、千鶴丸の命を奪った伊東が生きている限り成仏できない〟と告げられ、解放されるはずの伊東父子の殺害を、味方に加わった梶原景時に託す。梶原はちょうど捕らえた、以前は伊東の下人だった善児に指令。伊東父子は刺し殺され、武士として自害したことにされる。伊東と八重の仲の修復に尽力した義時は「おかしい！」と激怒。頼朝に初めて強く抗議する。

12話 ❖「亀の前事件」

伊豆の江間の領地を与えられ江間小四郎義時となってい た義時は、伊東父子が住む予定だった江間に、一人きりになった八重を住まわせる。政子は男児、万寿（のちの源頼家）を出産。なのに頼朝は亀との浮気が常態化。その噂は全成から実衣→源範頼→時政とその妻のりくへと秘密裏に広まり、京の出のため北条を意識するりくは「イヤだ、あなたの耳にも入ってるとばかり」と作為的に政子に漏らす。りくの案で後妻《うわなり》打《う》ち（前妻が後妻の家を打ち壊すこと）で仕返しする政子。りくと政子に浮気を責められた頼朝が「源頼朝を愚弄するとたとえお前たちでも容赦はせぬぞ！」と開き直ると、時政が「源頼朝が何だってんだ！」とぶちギレ。伊豆に帰って米を作る暮らしに戻ると宣言。「あとは任せた」と言われた義時、唖然。

13話❖「幼なじみの絆」

八重は侍女の時期も江間に移ってもキノコなどを持ってきて親切にしてくれる義時を「怖いっ」と迷惑がるが、以前とは気持ちが変わりつつある。源氏一門で同程度の勢力を持つ木曽義仲の元へ軍勢を率いて行く案に、源氏同士のいさかいを危惧する後家人たち。「鎌倉殿のためなら何でもするってわけじゃねえんだ！」と責められる義時。頼朝から心が離れる後家人をなだめたり策を練るのに忙しいながらも八重の元に汚れた身なりで山菜を届ける。木曽側へ交渉に行った帰り、八つ目うなぎの干したものなど土産を渡し、「私と八重さんは幼なじみ。私の想いはあの頃からずーっと変わりません」「八重さんの後ろ姿が幸せそうなら私は満足です」と立ち去る。八重は引き止め、「お役目ご苦労様でございました。お帰りなさいませ」と言う。ついに想いが実り、涙を流す義時。

14話❖「都の義仲」

人質の意味で木曽義仲の長男が、まだ幼い大姫の許嫁《いいなずけ》になることに母の政子は大反対だが、源義高が来るとその美男子ぶりに満面の笑み。しかし木曽軍を恐れて平家が京から逃げる際に解放された後白河法皇を巡り、義仲と頼朝の仲はこじれる。頼朝は法皇を救うため、義仲の討伐を決定。だが後家人たちは頼朝を倒し自分たちで坂東を治めようと三浦館に多勢が集結。後家人と頼朝の間で悩む義時は、頼朝の知恵袋、大江広元の指示で、どちらにつくかで勝敗を左右する上総広常に三浦側から誘われたら乗るよう告げる。

15話❖「足固めの儀式」

坂東武者の反頼朝派が頼朝に反旗を翻すべく頼朝の子の万寿を誘拐してから御所を取り囲む企てを立てる。義時は上総広常を反頼朝派に派遣し情報を探り、誘拐される場の八幡宮にて反頼朝派の説得に成功。坂東武者はまた一つになる。しかし大江は謀反した反対派への見せしめとして首をとる者が必要とし、頼朝は上総を指名。上総を送り込んだおかげで戦を避けられたと主張する義時。実は上総を送り込んだのは頼朝の案だと知り、上総を利用して最後に殺すと決めていたと気づき、愕然。「承服できません！」と抗議する。だが頼朝は御所にてみなの前で殺害を実行。梶原に斬られ血を流す上総は義時に助けを求めるが、他の武者とともに黙って座ったままの義時。「わしに逆らう者は何人も許さん」と凄む頼朝の怖さが増した回。

16話❖「伝説の幕開け」

義経軍に坂東武者らが加わり、木曽軍との戦に生き生きする義経は策を次々と立てて追い詰める。木曽義仲、死す。「戦をするために生まれてきたお人です」と義時に言わせる義経は対平家でも奇抜な策で攻め立て、一ノ谷の戦いも勝利。若き天才軍略家の義経が物語を盛り上げる。

17話❖「助命と宿命」

頼朝は木曽義仲の息子、義高からの復讐を恐れて殺害を決めるが、許嫁の大姫が傷つくことを苦慮した政子は義時とあれこれ策を立て、1話にならって女装させて逃がす。幼い大姫が自分の首に刃物を突きつける姿を見て、頼朝は捕まえてからの殺害は諦める。直後、藤内光澄が現れ、義高の首を差し出す。怒りと悲しみの政子は「断じて許しません！」と激昂。義時は藤内を成敗し、驚く政子に「御台所の言葉の重さを知ってください。われらはもうかつてのわれらではないのです」と冷静に言い放つ。義高を利用しようと企んだ武田信義の息子も成敗。頼朝に似ていく義時。自分の赤子を抱き、「父を許してくれ」と泣く。上総を見殺しにした15話に続き、冷血な男に変わる分岐点。

18話❖「壇ノ浦で舞った男」

対平家戦で義経が目立ったエピソード。範頼軍は義時と三浦の算段で兵糧と舟を手に入れ、九州へ。義経軍は悪天候でも強引に舟を出し、屋島の戦いも勝利。最終決戦、壇ノ浦の戦いは『鎌倉殿…』一番の戦シーン。「漕ぎ手を射殺せー！」と兵ではない舟の漕ぎ手を弓で狙う非道な策で攻める義経は海上の斬り合いで躍動。最後は平家の女性たちが幼少の安徳天皇と三種の神器を抱え海に身を投げる。父の仇を討ったことに、館の頼朝は号泣。梶原の報告で強すぎる義経に鎌倉殿の座を奪われる不安を持った頼朝はすぐに鎌倉に呼び戻したいが、京の後白河法皇が義経を放さない。梶原の発言で義経が鎌倉殿の座を狙っていると誤解は膨らみ、二人の溝が広がる。義時は二人の仲の修復に走るが……。

19話✣「果たせぬ凱旋」

頼朝は義経を伊予守にしようとしたり、父、義朝の菩提を弔う日に呼び戻そうとするが、後白河は脈を止めて瀕死の芝居までして引き止める。義経の妻、里は義経が静御前と浮気していることに怒り、男たちに義経と静のいるところを襲わせる。逃げきった義経は、叔父の行家から頼朝の仕業だとデマを吹き込まれ、「兄上が私を殺そうと……」と愕然。叔父に挙兵を促され、泣き崩れながら決意。頼朝はそれを聞き、挙兵の覚悟。互いの誤解は事実となった。

20話✣「帰ってきた義経」

兵が集まらず逃げた義経は奥州平泉に戻る。豪族、藤原秀衡が息を引き取る直前、あとを任せたのは泰衡と国衡。畑仕事に勤しむ日々の義経は大将軍を任される。義時は平泉へ。頼朝の案で、泰衡と国衡の仲の悪さを利用して義経を討たせるために。義経と再会した義時は、口が滑った素振りで静御前が鎌倉で捉えられ、産まれた男児が殺された話を聞かせる。義時は予定通り泰衡に〝義経が鎌倉への憎しみが抑えきれず、国衡と図って挙兵する〟と伝え、鎌倉との戦を避けるために義経討伐を進言。泰衡は決意。義経は死を覚悟した狭い小屋で里から、京で静といるところを襲わせたのは自分だと打ち明けられ、「兄の策ではなかったのか……」と知り、発作的に里を刺し殺す。兵に囲まれた小屋に呼ばれた義時は、義経から静の話をしたのは義時の策と気づいたと告げられる。鎌倉を攻める見事な策を伝えられて感服した義時を抜け道から帰した義経は、兵が襲いかかる最期の時を一人で待つ。とられた首となって帰った弟を、頼朝は「すまん……」と抱擁し号泣。

21話✣「仏の眼差し」

鎌倉勢は奥州を攻め、勝利。頼朝いわく「ついに日本《ヒノモト》すべてを平らげた」。万寿や、義時と八重の息子の金剛が登場、時政とりくに初の男児が誕生するなど子どもがたくさん出てくる回。多くの親無し子を育てる八重は、新たに来た鶴丸という子が川遊びの最中に川中の岩から戻れず泣く姿を見て、過去に川で死んだ自分の子の千鶴丸と重ね、必死に助けに入る。八重が抱きかかえる子を三浦義村が引き取り岸に戻ると、八重の姿はない。川に流された時、義時は仏像を彫る運慶と仏を見て、八重の顔を思い出していた。

22話✣［**義時の生きる道**］
鎌倉が日本を治めたあとは、再び坂東武者に鎌倉殿への不満が募る。その頼朝は後白河法皇が突然に死ぬと、朝廷に要求して武士の頂の征夷大将軍に任命される。時政の下人で、伊東の血筋で八重の甥にあたる曽我十郎、五郎は烏帽子親《えぼしおや》の時政に、父を殺した工藤祐経を討つと白状し、時政は「あっぱれな心がけじゃ」と手伝いを申し出る。が、二人は、真の狙いは祖父、伊東祐親の仇の頼朝への謀反だと比企能員に話を持ちかけ、頼朝に近い者だけが得をすることに不平を言う。政子が産んだ千幡の烏帽子親を北条側がやることに危機感がある比企は〝企てが失敗しても北条が危機になり、成功したら頼朝が死に自分が烏帽子親である万寿が跡継ぎになれる〟とほくそ笑む。

23話✣［**狩りと獲物**］
若武者へと成長する万寿（源頼家）と金剛（北条泰時）が登場。巻狩り（数日に及び大勢で猪や鹿を狩る）の日に頼朝を討つ計画の曽我兄弟。雨の中、曽我五郎が寝床の頼朝を討ち取った……その話は即座に広まり、頼朝の弟の範頼は以前に次の鎌倉殿にと勧めてきていた比企に鎌倉殿の代わりとなるよう言われる。が、頼朝は若い女、比奈に会いにいっていたので、殺された男は似た身なりの工藤祐経。曽我に利用された時政を助けるべく、義時の案で「仇討ちを装った謀反ではなく謀反を装った仇討ち」にすり替え、曽我五郎を仇討ちのことで誉めた上で巻狩りの場で騒いだ罪で斬首すると頼朝を納得させる。父、時政と北条を守った義時は自分が汚い男だと比奈に打ち明ける。ラスト、範頼が自分に取って代わろうとしたと知った頼朝は怒り……。

24話✣［**変わらぬ人**］
範頼を焚きつけた比企は助けようとせず館にこもりだんまり。頼朝の乳母、比企尼に諭された頼朝は、範頼を死罪でなく幽閉に。朝廷に食い込みたい頼朝は娘を入内させるべく政子と大姫を京へ。そこで丹後局が強烈な圧力！「そなたの娘など帝からすれば、あまたいるおなごの一人に過ぎぬのじゃ！」と位の違いを説く。源義高への想いを抱いたままの大姫が病で死ぬとすぐに「わしは諦めんぞ」と幼い三幡を入内させると考える頼朝に、政子も義時も恐ろしくなる。頼朝は大姫の死を範頼による呪詛の仕業と決め、伊豆の修善寺にて楽しげに畑仕事をする範頼を、善児に刺し殺させる。

25話✣「天が望んだ男」

誰も信じられずいつか殺されると疑心暗鬼に陥る頼朝が、全成の言うでまかせの相性の良くないものなどを避けるため右往左往するコミカルな展開。北条一門が集まる相模川での供養の席でも餅で喉を詰まらせて死にかけ、頼朝の不安は増す。だが義時と政子に「頼家を支えてやってくれ」と、近々鎌倉殿を継がせて自分は大御所になる意思を伝える。そして義時だけに「人の命は定められたもの」と悟った表情で語る。その帰り、ゆっくり進む林道で、意識を失い馬から落ちる……。

26話✣「悲しむ前に」

眠ったままの頼朝は数日の命。その噂は広まり、跡継ぎ争いが始まる。比企一族は烏帽子親を務めた頼家で決まると確信。時政はりくの進言で実衣の婿、全成を担ぎ出そうと画策。北条と比企の争いに頭を悩ます義時。騒ぎの中でも全身全霊で看病する政子は、縁側に座る幻のような頼朝を見る……頼朝死す。政子は跡継ぎとして長男、頼家の才を信頼し、2代目将軍に。時政とりくは政子を罵り、御台所の座を逃した妹の実衣も悪態を吐き、北条内に亀裂。頼朝の死で役目を終えたと義時は一人で鎌倉を去ろうとするが、政子は遺品の小さな観音像を握らせ、「鎌倉を見捨てないで」と哀願。

27話✣「鎌倉殿と十三人」

頼家は政の難しさと多さに嫌気がさし、義時は文官と梶原の5人での合議制を提案。が、北条と比企が人数で争ううちに13人に膨れ上がる。政をとられる危機感から頼家はラスト、13人を紹介された席に6人を呼び込み、「わしが選んだ。手足となって働いてくれる者たちだ。信じられるのはこやつらだけよ」と対抗。その中にいる義時の長男の泰時や異母弟の時連（後の時房）。ドラマは後半に向かい、頼朝から頼家に受け継がれた鎌倉を支える人物も若い世代へ。

28話✣「名刀の主」

鎌倉内の争いが始まる。頼家が将軍になって以降、目立っている梶原景時に不満を持つ御家人の名を連ねた訴状が三浦義村の案で作られる。謹慎を言いわたされた梶原は後鳥羽上皇から京への誘いがあると義時だけに話すが、頼家が耳にし、流罪に。梶原が立てた、頼家の赤子の一幡を誘拐し京へ向かう計画は義時らに見つかる。京からの誘いの件を義時が頼家に伝えた理由は、朝廷との争いになることを危惧したからと聞く。「刀は斬り手によって名刀にもなまくらにもなる。なまくらで終わりたくはなかった……」と梶原は武士らしく戦で討たれるために京へ向かう。梶原景時、死す。

29話✣「ままならぬ玉」

北条時政と比企能員の権力争いは頼家の正室つつじが男児、善哉（のちの公暁）を産むと、まだ若い頼家の跡継ぎ問題で過熱。比企は、側室だが娘せつが産んだ幼い長男、一幡をと主張。時政とりくは、頼家の弟で母が政子、乳母夫《めのと》が実衣と全成で9歳になる千幡（実朝）と主張。りくの案で頼家が病で休むべく呪詛をかけるよう全成に仕向ける。御家人たちから孤立していく頼家は義時に、一幡を跡継ぎと決めたと告げる。その場で井戸に落ちる展開に！　頼家の覚悟を陰で聞いていた全成は、渋々始めていた呪詛をやめる。ラストカット、処分したはずの呪いの木人形が一つ縁の下にあり、手が伸びる……。

30話✣「全成の確率」

見つけられた木人形。全成の仕業と知り頼家は激怒。この機に乗じて比企は北条に取って代わりたい。比企との戦を避け、全成を救うため義時と泰時らは尽力し、全成流罪で解決。直後、政をやりたい比企は所領再分配の件で頼家に進言すると、逆に所領をすべて差し出せと命令される。頼家に再び呪詛をかけろと常陸国にいる全成に持ちかける比企。〝鎌倉殿が実衣殿を疑って、身が危ない〟と脅して……。呪詛の件は頼家に知られる。嵐の中で呪文を唱える全成、討ち取られ死す。ラスト、義時は比企を問いつめ本音を引き出す。戸の向こうに頼家を待たせ立ち聞きさせていた……はずだったが、頼家はいない。本当に倒れたとの知らせが入る。

31話✣「諦めの悪い男」

父、頼朝のように眠ったままの頼家はすぐ亡くなると誰もが思う。義時の案で元服していい年齢の千幡を跡継ぎにすると北条側は統一。義時は比企との戦を避けるため一幡と千幡とで鎌倉殿の役目を東国、西国に分けると提案。比企は地図の紙を引きちぎり拒否。その対応を戦の大義名分にすると初めから考えていた義時。頼朝の血を継ぐ「一幡の命は助けてあげて」と政子に誓わされた義時だが、息子の泰時に「真っ先に一幡様を殺せ」と指示。比企は滅ぼされた。義時の思惑通りのはずが……直後、頼家は目を覚ます。

32話✣「**災いの種**」

政子は孫の一幡が殺されたと知り、義時の頰を打ちながらも、弟の残忍さを恐れる。比企一族のことを政子から知らされた頼家は泣きながら「北条をわしは絶対に許さん！　おまえもだ！」と母を拒絶。後鳥羽上皇は3代目となる千幡を「京と鎌倉を繫ぐ実《さね》となってもらおう」と実朝と名付ける。泰時から一幡を殺せなかったこと、頼家が生きているなら不幸中の幸いと聞かされた義時は、一幡をかくまっている善児の元へ行き、殺させる。泰時は冷血な義時を、「父上はおかしい！」となじる。頼家は無理やりに修善寺に送られた。ラスト、庭で遊ぶ善哉の元にやつれた比企尼が現れ、ささやく……。「北条を許してはなりませぬぞ」

33話✣「**修善寺**」

幼い実朝が元服する一方で、頼家は御家人を味方に引き込んでの挙兵も辞さない姿勢。頼家が上皇に北条追討の院宣を願い出るとの情報を知った北条側は頼家討伐を決意。承服できない泰時は頼家を逃がすべく修善寺へ。追わない義時は「あれは私なんだ……」と息子にかつての自分を見る。義時は訪ねた善児の住みかで兄の宗時の持ち物を見つけ、石橋山の戦いの後に兄を殺めたのが善児と気づく。修善寺で善児は頼家を殺害しようとするが、逆に斬られて傷を追う。善児の弟子のトウが代わりに頼家を殺害。ラスト、善児はトウに仇討ちとしてとどめを刺される。トウがつぶやく。「ずっとこの時を待っていたの……」

34話✣「**理想の結婚**」

若者になった実朝は文武から女との付き合い方まで教育を受ける。執権別当（実質的な政治指導者）の時政は付け届けする者に便宜をはかる態度。武蔵を治める畠山重忠は時政に武蔵を奪われる危機感を義時に話す。実朝の御台所を迎えに朝廷へ行った時政とりくの子の政範は京で不審な死。その前に、朝廷側の源仲章は北条側の政範ではなく、上皇に近い平賀朝雅に執権別当になるようにと吹き込んでいた……。

35話✣「**苦い盃**」

実朝は後鳥羽上皇の従妹、千世と結婚。義時は政範の死を目撃した畠山の息子の重保から〝平賀に毒を盛られた〟と聞かされる。その平賀は、息子を失い悲しむりくに重保が毒を盛ったと告げ、先手を打つ。りくは時政に仇討ちを哀願。義時はまた戦を避けるため時政を説得。だがりくに煽られた時政は、下文に花押を貰おうと実朝に笑顔で近づき……。

36話✣［武士の鑑］
〝見栄えがいい〟といじられてきた畠山重忠の最期の回。時政ら御家人たちはまず息子の重保を討ち、鶴ヶ峰で畠山と戦に。和田義盛が説得に行くが、畠山は「戦など誰がしたいと思うか！」と叫びつつも戦う意思を見せる。大将を買って出た義時は戦場で畠山と一対一で殴り合う。圧倒的に少ない兵ながら死闘を繰り広げ、武士としての筋を通し、畠山は最期を飾る。畠山討伐の責任を稲毛重成にとらせて殺させた時政は御家人の信頼をさらに失い、尼御台の政子が恩賞の沙汰を行い、政子の新体制へと移る。すべて息子の義時の策略であると知った時政は「やりおったな！」と笑う。

37話✣［オンベレブンビンバ］
義時と政子の姉弟に、時政とりく夫妻は抵抗。激しさを増すりくは実朝から平賀朝雅に鎌倉殿を替え、成り行きでは義時、政子を討つと進言。時政が味方に引き入れたはずの三浦義村から企みを聞いた義時は、時政を泳がせる。時政は家族と一夜を過ごす。かつて大姫が唱えた元気になるおまじない「オンタラクソワカ」をみなで間違えて口ずさみながら。りくの企みの失敗を悟った時政が別れを告げにきたと気づく義時。計画通り、実朝をさらった時政……父子の戦いへ。

38話✣［時を継ぐ者］
実朝に、出家して鎌倉殿を平賀朝雅に譲ると起請文を書かせたい時政。実朝が拒否する間に北条館は兵に囲まれる。りくを京へ逃がそうとする時政。政子は兵に頭を下げ、父の命をとらないでと哀願。義時は受け入れる。泰時は、父義時が「自分のようになるな」とわからせるためこの件で自分をそばにいさせたと知る。時政は伊豆で余生を過ごすことに。義時は「父が世を去る時、私はそばにいられません」と泣きながら今生の別れを告げる。実朝に取って代わろうとした罪で平賀朝雅を成敗。本当の理由は平賀が北条政範を殺し、その罪を畠山になすりつけなければ、畠山が滅ぶこともなく、父も鎌倉を去らずにすんだからだった……京で大軍勢が動いたこの件に朝廷は怒る。「義時、調子にのりよって。許さん」と後鳥羽上皇は苦虫を噛む。

39話⁂「**穏やかな一日**」
ナレーション（長澤まさみ）が冒頭に侍女役で登場、承元2年～建暦元年を一日の出来事として描くと視聴者に伝える。政が義時の独裁となることに御家人は不満だが、義時は「私のやることに口を挟まれぬこと」と実朝までも恫喝し従わせる。実朝は世継ぎが出来ないことに悩む千世に同性愛者であると告げ、千世が「それでもかまいませぬ」と抱擁、二人の絆は堅くなる。随所で和歌が詠まれ、戦も殺人もない穏やかな回。

40話⁂「**罠と罠**」
義時の暗殺を企てた乱に和田義盛の息子や甥が誘われて参加したことで、義時は不満を持つ坂東武者らの旗頭となった和田を討つ機会と考える。「眉毛剃らせようか？」と明るく詫びる和田の人柄の良さに、笑って許す。和田胤長以外は……。和田義盛と似たひげ面の大勢の息子ら一族と土下座しても胤長を許さない義時。義時の首をとろうと持ちかける三浦義村。それらは和田に挙兵させて滅ぼすという義時の策だった。和田は挙兵。和田に親しんできた実朝の説得で戦は一度は避けられたが、和田がなかなか戻らないのでたまりかねた和田勢の兵が動き、寝返る算段で加勢した三浦らは起請文を書かされて寝返れなくなる。和田合戦へ。

41話⁂「**義盛、お前に罪はない**」
和田は、館に戻った時には兵は動き始めていたのに、攻める直前、三浦に「向こう（北条側）につきたいならかまわねえぞ」と言う人の良さ。戦では泰時の策もあって和田勢は劣勢に。実朝は和田の命はとらぬと約束してくれと義時に告げて戦場に現れ、「お前に罪はない（略）私にはお前がいるのだ！」と和田を説き伏せる。和田は感涙し降伏するが、義時の指示で無数の矢が放たれ和田の全身に刺さる。和田義盛、壮絶に死す。戦を目の当たりにした実朝は、朝廷の力を借りてでも、鎌倉で血が流れるのを防ぎ、安寧の世を作ると決心する……。

42話⁂「**夢のゆくえ**」
実朝の夢枕に後鳥羽上皇が立つオープニング。北条に対抗するため上皇を頼ろうとする実朝に、京から来た源仲章が接近。実朝が見た夢を利用し、唐船の建造を行わせる。後鳥羽上皇は実朝の威光を高める狙い。仲章が実朝の夢日記を見て提案したと泰時から聞かされた義時により計画は妨害される。すると政子の案で実朝は自分を大御所とし、京から跡継ぎを呼ぶと宣言。北条と源と朝廷の関係が新たな形へ。

43話❖「資格と死角」

頼家の子、善哉は公暁の名で修行をつみ、鎌倉殿になるつもりで6年ぶりに鎌倉に戻る。同じ思惑の烏帽子親の三浦義村共々、実朝が京から養子として跡継ぎを呼ぶと知り愕然。だがその跡継ぎが上皇の子であると朝廷から報告があり、納得せざるを得ない。政子と京へのぼった時房を〝鎌倉一の蹴鞠の名手〟と聞かされていた後鳥羽上皇はトキューサと呼び、蹴鞠で打ち解ける。跡継ぎは頼仁親王に。この機に源仲章は朝廷と鎌倉の橋渡し役で義時に取って代わって執権を目指す。一方諦めない三浦は父頼家の死因を知らない公暁に、北条に殺されたと明かす。公暁の怒りに火がつく。

44話❖「審判の日」

右大臣拝賀式で実朝を討つと決めた公暁。北条が頼家を殺したと御家人に知らしめるなどの策を三浦と画策。察知した義時は式の中止を求めた場で、実朝と仲章から御所を西に移す計画を聞かされ、焦る。義時は仲章に死んでもらい、式で公暁に実朝を討たせればよいと考える……。心配した泰時から小刀を持たされた実朝は、なぜ公暁に狙われているのかわからず、三善康信を問いつめる。実朝は泣きながら政子に「公暁が哀れでならないのです」と迫り、公暁には「許してくれ」と土下座し、手を結んで北条から鎌倉を取り戻すことを提案。だが公暁は信じない。義時は公暁が実朝を殺した直後に自分の手で公暁を殺すと決めたが、仲章を討ちに仕向けたトウがしくじり、拝賀式直前に仲章から太刀持ちの役を外される。泰時は、公暁の狙いが父・義時だと気づく。それぞれの策略が交錯する中、式が始まる……。

45話❖「八幡宮の階段」

鶴岡八幡宮での式、雪が降る夜の石段の途中、公暁は義時と間違えて仲章を斬ってしまう。直後に実朝と対峙。実朝は、公暁に自らを斬らせる。義時の「斬り捨てよ！」の指示で公暁は襲われる。しかし逃げきる。政子を訪ね、実朝の部屋から持ってきたドクロ持参で4代目を自負する。助けを求めた先の三浦は、公暁を口封じのため背後から刺す。それを手柄とし、裏切りに気づいていた義時と再び手を携える。実朝までも失った政子はトウに自害を止められる……。

46話❖［将軍になった女］

実衣が息子の阿野時元を鎌倉殿にしたがっていると知った義時は三浦を使って実衣を焚きつける。「鎌倉は誰にも渡さない……」と義時は邪魔者はすべて葬る意思。時元に挙兵させるよう仕向け、取り囲んで自害に追い込む。さらに実衣の首も刎ねると指示。それは政子の助けで免れる。施餓鬼の法要の後に供え物が貧しい者に振舞われる中、政子は民たちの話を聞く。扱いやすい鎌倉殿を決めたい義時、鎌倉や北条を抑えたい後鳥羽上皇の遠距離での駆け引きの末、再び時房が上皇と蹴鞠対決！親王は出さず代わりで手を打てと言う上皇。その手とは三寅——頼朝の遠縁の2歳児だった。やむをえず政子は尼御台から尼将軍を名乗り、政の実権へ。

47話❖［ある朝敵、ある演説］

三寅が次期将軍に決まり腹を立てた源頼茂が挙兵し、京で内裏が火の海に。後鳥羽上皇は再建の費用を鎌倉の御家人に出させよと命じ、御家人を義時から分断させる考え。大がかりな義時への呪詛を行い、後家人に義時追討の院宣を発し、藤原秀康と三浦胤義に京都守護の伊賀光季を討ち取らせる（光季は自害）。追い詰められた義時は、自分一人が京へ出向いて死ねばみなと鎌倉が助かると考える。そして北条と鎌倉を息子・泰時に任せる——その覚悟を大勢の坂東武者に伝える場で、義時を抑え政子が先に話し始める。「ここで上皇様に従って未来永劫、西の言いなりになるか、戦って坂東武者の世を作るか！」という力ある演説に奮い立つ坂東武者。承久の乱へ。

48話❖［報いの時］

先陣を切った泰時の兵は大軍勢となり官軍を破る。いかだで宇治川を渡り京へ。圧倒的な強さを見せて勝利。義時は武士として初めて朝廷を裁き、後鳥羽を流罪に。その後の日々で義時は突然倒れ、診断で毒を盛られたと知り、息子を跡継ぎにしたい妻ののえの仕業とわかる。家を追い出される際にのえから、毒をくれたのは三浦義村と聞き、裏切ることがあってもよき相談相手の戦友、三浦と毒入りの疑いのある酒を酌み交わす……。政子と二人だけの12分に及ぶラストシーン。自分が関わって死んでいった13人の名を口にする義時。その名の中に頼家があり、驚く政子。大河ドラマでは異色の裏暗いラストカットで幕を閉じる。

三谷幸喜

みたに・こうき

1961年東京都生まれ。日本大学藝術学部演劇学科在学中の83年に劇団「東京サンシャインボーイズ」を旗揚げ。以後、脚本家、演出家、映画監督として多方面で活動中。近年の主な舞台作品は『大地』『オデッサ』、映画は2024年9月公開予定『スオミの話をしよう』など。テレビドラマでは『死との約束』『鎌倉殿の13人』のほか、配信ドラマ『誰かが、見ている』などがある。

KOKI MITANI

×

DAISUKE MATSUNO

松野大介

まつの・だいすけ

1964年神奈川県生まれ。85年にABブラザーズとしてバラエティー番組「ライオンのいただきます」でタレントデビュー。テレビ、ラジオで活躍。95年に文學界新人賞候補になり、同年文芸誌にて小説家デビュー。芸人小説の先がけ『芸人失格』(幻冬舎文庫)がスマッシュヒット。小説『路上ども』『天国からマグノリアの花を』(ともに講談社)など著書多数。現在、沖縄県在住で作家活動。小説教室の講師も務める。

三谷幸喜《みたにこうき》　創作《そうさく》の謎《なぞ》

二〇二四年九月一九日　第一刷発行

著者　三谷幸喜《みたにこうき》　松野大介《まつのだいすけ》

発行者　森田浩章

発行所　株式会社講談社
東京都文京区音羽二丁目一二－二一　郵便番号一一二－八〇〇一
電話　編集　〇三－五三九五－三五二四（ブルーバックス）
　　　販売　〇三－五三九五－四四一五
　　　業務　〇三－五三九五－三六一五

ブックデザイン　大野リサ

表紙・本文イラスト　大塚砂織

印刷所　株式会社ＫＰＳプロダクツ

製本所　株式会社国宝社

本文データ制作　講談社デジタル製作

KODANSHA

N.D.C.914 238p 15cm
ISBN978-4-06-537194-7